무지개

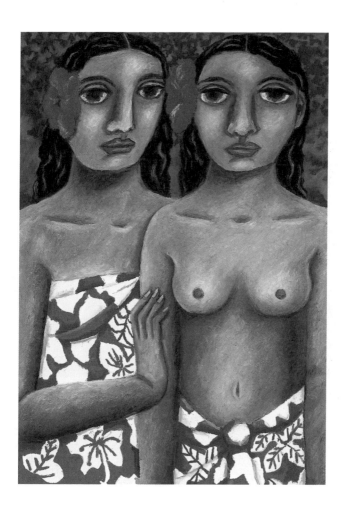

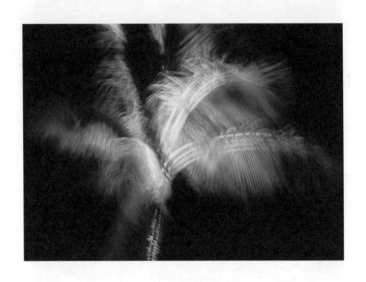

무지개

y o s h i m o t o   b a n a n a

요시모토 바나나 장편소설

김난주 옮김

민음사

| 차 례 |

무지개 ● 13

"바다에 쳐 놓은 울타리 안에서 거북과 상어, 가오리와 함께 수영을 즐길 수 있습니다."라는 라구나리움 투어에는 보라보라 섬 곳곳에 있는 호텔에서 많은 관광객들이 참가했다.

혼자 참가한 사람은 나뿐이었다. 아무리 둘러보아도 프랑스와 이탈리아 사람들, 그리고 각 호텔에서 몇 명씩 그룹 지어 온 사람들뿐 일본인은 한 명도 없었다. 그렇다고 주눅이 든 것은 아니지만, 키마저 유난히 작은 나는 재잘거리며 서 있는 사람들 속에서 왠지 모를 서글픔을 느꼈다. 드디어 몇 명씩 짝을 지어 차례차례 바다로 들어가게 되었다.

나와 함께할 사람들 중에 프랑스인 가족이 있었다.

엄마는 배가 불룩해서, 아빠와 열 살 정도 된 아들만 들어가는 듯했다. 그들은 저마다 "다녀올게요." "좀 기다리고 있어." 하면서 해변으로 내려갔다.

아, 부럽다, 하고 나는 생각했다.

그리고 엄마는 새하얀 햇살 속에서 양산을 펴고 나른한 듯이 몸을 앞으로 숙였다.

그 모습을 보고 있자니, '엄마가 무슨 일이 있어도 저기서 지켜봐 줄 거야.' 하고 생각하며 멀리까지 뛰어갔던 어린 시절이 생생하게 떠올랐다. 양산에 가려 잘 보이지 않지만 엄마는 틀림없이 웃고 있을 거야, 하고 생각했던 그때의 독특한 느낌이 또렷하게 되살아났다.

어린 시절 안심하고 놀이에만 몰입하던 때에 곧잘 느꼈던, 짙은 색깔 꿀처럼 끈끈하고 즐거운 감정. 나는 온몸으로 그 감정을 떠올리고 조금은 괴로워졌다. 어쩜 이렇게 멀리 왔을까, 싶어서.

그때로 돌아가고 싶은 것도 아니고, 지금까지 살면서 괴로운 일만 있었던 것도 아니다.

그런데도 양산을 쓰고 있는 이방인의 긴 치마 밖으로 곧게 뻗은 하얀 다리와, 새하얀 모래 위에서 너울대는 그림자를 돌아볼 때마다, 나는 몇 번이나 가슴이 메었다.

바다에 들어가 보니, 울타리 안에서 구경을 즐기는 쪽

은 오히려 다른 생물이었다. 물고기들은 시끌시끌하게 헤엄쳐 들어오는 에일리언들을 싹 무시하고는 느긋하게 헤엄쳐 다니고 있었다.

나는 눈을 부릅뜨고 생각했다.

만약 수많은 우주인이 지구를 내려다보고 있다면, 그들 눈에도 우리가 이 물고기들처럼 대기 속을 헤엄치는 아름다운 생물로 보일까, 하고.

그때, 다른 물고기와는 다르게 유유히 헤엄쳐 가는 조그만 레몬색 상어가 보였다.

아, 예쁘다, 정말 노랗네.

그 꼬리가 스르륵 방향을 바꿀 때마다 나는 내 발의 움직임이 상어 눈에 띌까 봐 몸을 움츠렸다. 상어는 인간보다 후각이 몇 만 배나 발달했고, 사람을 물 때는 눈을 확 감는다는 얘기가 아주 실감나게 떠올랐다.

"저렇게 작은데, 다른 물고기와는 또 다른 박력이 있네. 아, 무서워! 그리고 정말 노래!"

그렇게 소리 내어 말하고 싶은 심정에 나는 다른 이들보다 작은 손으로 살며시 상어를 가리켰다. 바닷속에서 손은 한층 초라해 보였다.

옆에 있는 노부부가 "아, 그렇네." 하고 대답하듯 물속에서 고개를 끄덕였다. 그들도 상어의 모습에 흥분했으리

라. 같은 호텔로 가는 배 안에서 잠시 얘기를 나눈 인상 좋은 프랑스 사람들이었다.

그리고 그때, 우리는 상어를 보며 자연스럽게 손을 잡았다.

사람의 손이 그토록 반갑게 느껴졌던 것은, 국적을 떠나 그것이 할아버지와 할머니의 손이기 때문이었다. 자식과 손자를 수도 없이 안았을, 주름이 자글자글한 커다란 손.

상어가 얌전해서 사람을 해치지는 않는다는 것을 안 우리 셋은 물 밖으로 고개를 내밀고 잠시 상어 얘기를 나누었다. 그리고 방긋 웃으며 헤어져, 각기 다른 방향으로 보고 싶은 물고기를 찾아 나섰다.

나는 오래오래 그 신기한 상어를 보고 싶었다.

노란색이 얼마나 투명한지, 정말 빛나는 레몬색이었다. 얘기 들은 대로였다. 이런 색의 생물이 있다니, 이렇게 과일처럼 예쁜 색으로 헤엄치는 생물이 있다니. 열심히, 가만히, 그 조그만 상어의 움직임을 지켜보는 내 눈동자는 마치 연애에 빠진 것처럼 빛났으리라.

물은 처음에는 맑고 깨끗했지만, 사람들이 모래를 밟고 헤집어 점차 탁해졌다. 마치 사막을 집어삼키는 모래 폭풍처럼, 또는 바람 센 날 하늘 저편에서 몰려오는 구름처럼, 물고기들의 나라가 환상적으로 부예졌다.

눈앞에는 부예졌다가 다시 투명해지는 바다, 알록달록한 물고기들, 모래 위를 매끄럽게 스치고 지나가는 가오리가 보였고 입안에는 그 옛날의 소금 맛이 느껴졌다. 햇살이 비치면 산호의 색깔이 바뀌면서 물속에 있는 모든 것이 엷게 빛났다.

마치 꿈같다, 마치 무지개를 보는 것 같다고 나는 생각했다. 이 세계에 일곱 가지 빛깔이 모두 들어 있다. 그리고 그 빛들이 서로 번지듯 가늘고 예쁜 리본 띠가 되어 한들한들 퍼져 나가는 것 같았다. 시간이 멈춰 버린 듯 고요한 세계다.

갖가지 일이 있었지만, 다시 이렇게 아름다운 것을 보고 있다……. 살아 있는 한, 언젠가는 괴로운 일도 있으리라. 그래도 또 이렇게 아름다운 것들이 눈앞에 나타나 준다. 반드시.

그렇게 생각하자 묘하게도 강한 힘이 내 몸 안에서 샘솟았다.

하지만, 적어도 그 순간만은 그저 소녀로 돌아가 미지의 세계를 여행하고 싶었다. 무기라고는 다른 사람보다 한결 작고 허망하고 보잘것없는 몸뿐. 중력에서 벗어난 그 아름답고 처음 보는 세계에서, 많은 사람들이 있는데도

우주 비행사처럼 홀로 자신의 숨소리만 들으면서.

타히티에 온 후로 나는 줄곧 졸렸다.

자고 또 자도 졸음은 가시지 않았다. 모레아에서 보라 보라 섬으로 건너와, 나로서는 큰맘 먹고 묵기로 한 특급 호텔에 짐을 푼 후에도, 수상 방갈로가 더럭 겁이 날 정 도로 커다란 파도 소리에 휩싸여도, 나는 눈을 떴다가는 다시 잠들었다. 밤이면 휘몰아치는 바람 소리가 방을 뒤 흔들었고, 온 방에 바다의 기척만 넘쳐 아침이 영원히 오 지 않을 것 같았다. 그 격렬한 소리가 내게는 바깥세상과 과거로부터 나를 격리시켜 주는 사근사근한 자장가였다.

그러다 눈을 뜨면 나는 아무 생각 없이 산책을 하든지 잠시 수영을 하든지, 식사를 하러 프런트까지 먼 길을 걸 어갔다.

삐걱거리는 널마루 데크를 하염없이 걷다가, 그다음에 는 들풀을 바라보면서 군데군데 방갈로가 서 있는 거대 한 정원을 지나고, 마지막에는 운하 같은 바닷속을 유영 하는 물고기를 보면서 다리를 건너고 또 해변을 걸어서야 겨우 프런트가 있는 건물에 도착했다.

별 계획도 없고 잠만 쏟아지는 내게 그 먼 거리는 오히 려 시간을 축내기에 좋았다.

그저 잠자코 걷기만 하면 경치가 쓱쓱 바뀌어 주니까,

더욱이 꿈속처럼 황홀했다. 자신이 경치의 바깥쪽으로 쫓겨난 느낌이었다. 아름다운 경치도 꿈의 연장에 지나지 않았다. 낮은 모든 것이 새하얀 햇살 속이고, 밤은 칠흑 같은 어둠에 묻혀 있었다.

하지만 그때 그 바닷속에서는 또렷히 깨인 상태였다.

주위가 갑자기 선명하게 보이고, 뜨뜻미지근한 물을 기분 좋게 피부로 느끼고, 살아 있는 것들에 에워싸여 있었다. 때맞춰 막이 오른 것처럼 세계로 들어갈 수 있었다.

발끝을 모래 바닥에 대고 있다가, 숨이 가빠지면 수면 위로 고개를 내밀어 숨을 쉬고, 또 이내 바다로 들어갔다. 머리칼이 흔들리고, 거북이 눈앞을 질러갔다……. 그렇게, 그때 내게는 모든 것 하나하나가 아침 햇살에 눈을 떴을 때처럼 신선하고 명료하게 느껴졌고, 놀라움도 한층 컸다.

햇살은 시시각각 다른 모습으로 물속을 비추고, 모래가 뭉글뭉글 피어오르고, 동네 거리에서처럼 사람과 물고기들이 오갔다. 방금 전에 인사를 나누고 잠시 손까지 잡았던 노부부가 가깝지도 멀지도 않은 거리에 있는 것이 보였다.

물에서 나와 얕은 물가에서 똑바로 고개를 들고 물안

경을 벗은 후에도 그 마법은 사라지지 않았다. 하늘에서 쏟아지는 강렬한 햇살과 짙은 녹음, 고요한 만의 풍경은 바다에 들어가기 전과 조금도 달라지지 않았는데.

아까 그 남자아이가 엄마에게로 쏜살같이 뛰어가는 것이 멀리 보였다.

바다에서 나온 나는 햇살 아래서 몸을 말렸다. 젖은 남색 수영복이 바다 생물처럼 반들반들 빛났다. 눈부심과, 모래범벅이 된 젖은 몸과, 머리칼에서 뚝뚝 떨어지는 투명한 물……. 너무도 섬세해 건드리면 생채기가 날 듯한 느낌이 반짝반짝 마음을 채웠다.

나는 오래전부터 사람과 사람 사이에는 행복이란 형태가 좀처럼 없다고 생각해 왔다. 어릴 때부터 손님을 대하는 장사를 하면서 많은 사람들의 눈물을 보고 배운 것이다. 삶에는 엇갈림과 슬픔과 고요한 행복만이, 밀려왔다 밀려가는 파도처럼 거푸 나타날 뿐이다.

그럼에도 사람과 사람의 관계에는 간혹 꿀 같은 순간이 있다. 어린 시절의 놀이처럼 잘못은 없지만 격렬하고, 영원히 그 호박색에 갇힐 듯 격정적인 달콤한 순간.

공항에서 이 호텔로 오는 전용 배에서 행복한 커플을 보았다. 둘이 나란히 앉아 바다를 바라보는 광경, 그것은 마치 영원히 계속될 것처럼 아름다웠다.

하지만 누구에게든 공평하게, 그것은 영원히 계속되지 않는다. 아무리 멋진 순간도 반드시 변하고 만다.

그렇기에 그들은 더욱 아름다웠다. 배에 다 탈 수 없어서 단둘이 종업원의 보트에 탄 그들은 손을 꼭 맞잡고 있었다. 얼굴은 눈부시게 밝고, 머리칼은 바람에 흩날렸다. 저녁 햇살이 여유롭게 그들을 어루만졌다. 배는 수면 위로 예쁜 선을 그으며 미끄러지듯 나아갔다.

어쩌면 나는 그 같은 행복 한가운데 있는지도 모르겠다고, 그때 처음 아주 단순하게 생각했다.

살아 헤엄치는 레몬색 상어를 내 두 눈으로 본 것이 계기였다.

나는 그때 아름다운 햇살 속에서, 자신의 생각이 너무 완고했던 것이지 어쩌면 모두가 그저 자연스러운 일이었는지도 모르겠다고, 마법에서 풀려난 느낌으로 잠시 생각했다.

나는 무슨 일을 하든 시간이 걸린다. 아주 많이 걸린다. 햇살은 그런 나를 이 지상의 모든 것과 구별 없이, 언제까지고 기다려 줄 듯이 따스하게 비췄다.

나는 꼭 한번 타히티에 와 보고 싶었다.

십 대 후반부터 줄곧 타히티안 레스토랑에서 일했는데, 정작 타히티에는 한 번도 가 본 적이 없는 것을 부끄럽게 여겼다. 하지만 며칠씩 휴가를 낼 여유가 거의 없었고 일도 재미있어서 눈 깜짝할 사이에 십 년이 지나고 말았다.

여행 초반에는 밥을 지어 먹을 수 있는 모레아의 방갈로에 묵고, 후반에는 보라보라 섬 주위의 조그만 섬에 있는 특급 호텔의 수상 방갈로에 묵기로 했다.

사실은 애써 여기까지 왔으니 좀 더 많은 곳을 다녀 보려고 했는데, 드디어 타히티에 왔다는 만족감에 마음이 느슨해지고 말았다.

그저 무심히 바다만 바라보고 있어도 시간은 휙휙 흘러갔다. 나는 오랜만에 거대한 바다를 보고서 바다가 있는 생활을 떠올리며, 그것만으로도 자신이 충족되는 것을 느꼈다.

우리 부모님은 내가 열한 살 때 이혼했다.

애인이 생긴 아버지가 집을 나가고 만 것이다. 그 전까지는 착실한 요리사인 아버지를 중심으로 해변의 관광지에서 내내 조그만 식당을 운영하며 소박하게 살았다. 다툼 한번 없는 집이었다.

그 사건 때문에 주위 사람들 모두 무척 놀랐지만, 누구보다도 남은 가족들이 제일 놀랐다. 그 후로는 소식이 없어 잘 모르지만 아마 아버지 역시 놀랐으리라고 생각한다. 그 정도로 갑작스러운 변화였다. 너무 놀라워 슬퍼할 겨를도 없었다.

엄마는 일이 그렇게 되었어도 쫓아가거나 기다리는 타입이 아니었다. 그 대신 새로운 인생을 시작하기 위해, 남편과 사별하고 홀로 사는 외할머니를 불러들였다. 아버지와 살던 낡은 집에 그렇게 여자 셋이 살게 되었다. 그리고 아버지 없이도 지금까지 하던 대로 집 뒤에서 조그만 식당을 꾸려 나갔고, 여름 성수기 때 말고는 친척이 운영하는 민박집에서도 일했다.

그런 사연 때문인지 우리는 더더욱 소박하게, 사이좋게 서로를 돕고 서로에게 기대며 작은 새들처럼 오순도순 살았다.

나는 할머니와 함께 식당 일과 집안일을 거들며 청춘을 보냈다.

할머니나 엄마와 사이가 좋았던 나는 그런 생활이 그

다지 힘들지 않았다. 그저 현실이라고 생각했다. 게다가 여름이면 날마다 수영하고 낚시를 하며 놀 시간이 있었고, 관광하러 온 사람들과 알고 지내다 한 계절 만에 끝날 애달픈 사랑에 빠지기도 했다. 학교에서는 꾸벅꾸벅 졸기만 해 성적이 나빴고, 여름철에는 친구들이 일을 거들러 와 주었다. 하루하루가 분주하고 즐거웠다.

그렇게 살다가 어느 날 갑자기 어른이라 불리는 나이가 되고 말았다.

그래도 한 번쯤은 집을 떠나 혼자 살고 싶은 마음이 있었기에, 고등학교를 졸업하고 얼마 후 엄마가 식당을 정리함과 동시에 도쿄로 올라가기로 했다.

그리고 곧바로 타히티안 레스토랑에 취직했던 것이다.

주위는 아무것도 없는 주택가고, 역에서 가깝지도 않은 그 가게의 이름은 '무지개'였다.

원래부터 오너 소유였던 널찍한 땅에 동그마니 서 있는 2층짜리 집이었다. 간판에 글자가 조그맣게 씌어 있고 그 위에 무지개가 걸려 있었다. 겉보기에는 그냥 집 같지만 안으로 들어서면 전혀 다른 세계처럼 드넓은 공간이 펼쳐졌다.

현관을 들어서면 바로 널찍한 웨이팅 바가 있다. 저녁 때면 그 바를 찾는 손님만으로도 실내가 북적거렸다. 다

양한 트로피컬 칵테일과 온갖 종류의 프랑스 와인이 있고, 타히티의 전통주인 히나노 생맥주도 마실 수 있는 바였다.

현지 요리사를 부르기도 하고 이쪽에서도 요리사가 직접 본점에 가서 수업을 받고 오기 때문에 메뉴는 늘 일정한 질을 유지했다. 매일 아침 쓰키지 어시장에서 반입하는 생선으로 다른 곳에서는 좀처럼 맛볼 수 없는 본격적인 전통 요리를 만들었다. 타로토란 잎에 싼 만새기찜, 새우 소스로 가볍게 끓인 카레, 라임과 코코넛 밀크에 버무린 날참치. 더 가볍게는 크로크무슈와 크로크마담, 그리고 프렌치 프라이드 포테이토도 먹을 수 있었다. 물론 디저트도 유럽 스타일에서 과일 튀김까지 다양하게 갖추고 있었다.

가끔 현지에서 타히티안 댄서를 불러 쇼를 하고, 밴드를 불러 음악 공연도 했다. 게다가 요리 강습까지. 아무튼 이런저런 타히티 문화를 만끽할 수 있는 가게였다.

메뉴가 풍부한 데다 손님의 예산에 따라 비싸게도 싸게도 즐길 수 있어, '무지개'는 맛에 까다로운 사람들은 물론 한 동네 사는 보통 사람들도 부담 없이 드나드는 인기 가게로 성장했다. 관광차 일본을 찾은 타히티 정부 사람, 음악 관계자, 타히티안 댄스를 배우는 사람, 옛날에 타히티에 살았던 사람 등, 다채로운 사람들이 찾아왔다.

오너 말고 또 오십 대 점장이 있었는데, 그가 나의 직속 상사였다. 옛날에 타히티에 살다가 오너와 알게 되었다는 그는 의리가 두텁고 성실한 데다, 애처가에 예스럽고 품위 있는 아저씨였다. 늘 가게에 있으면서 온갖 일을 지휘했다. 나는 그를 무척 존경했다.

'무지개'의 오너는 레스토랑을 차리기 위해 공부하러 타히티에 간 것이 아니라, 이십 대 때부터 계속 타히티에 살았다고 한다. 그러다 마음에 드는 단골 가게가 생겼고, 그곳에서 일하다 보니 가게 사람들과 친해져 레스토랑까지 내게 되었다. 점장과 오너는 예전부터 사이좋은 친구였다. 그런 자연스러운 흐름도 내가 그 가게에서 일하기 시작한 큰 이유였다.

내가 그 가게를 처음 알게 된 것은, 시골에 살 때 한 잡지에 실린 오너를 보고서였다.

사진 속의 오너는 젊고 생기발랄하고, 빛이 나듯 즐거운 표정으로 기분 전환 방법을 묻는 인터뷰에 답하고 있었다. 그 표정에는 유난스러운 의욕이나 타히티 마니아 같은 집요함이 없고, 다만 고요하고 행복한 느낌만 감돌았다. "지쳤다 싶을 때는 타히티에 가서 친구도 만나고 느긋하게 헤엄도 치는데, 그런 분위기를 도쿄에도 다소나마 옮겨 놓고 싶은 마음에 돌아오면 가게 일에 더욱 공을 들이곤 합니다." 하고 그는 말했다.

가게 사진도 실려 있었다. 큼지막한 창문과 천창이 있는 상쾌한 공간에 묵직한 나무 테이블이 놓여 있고, 좌석 수는 그리 많지 않았다. 테라스에는 두꺼운 감으로 만든 탄탄한 파라솔이 꽃처럼 줄지어 있었다. 그리고 가게 안은 싱그러운 나무와 꽃으로 가득하고 깔끔하게 손질되어 있었다.

나는 도쿄에 놀러 갈 때마다 그 가게를 찾았고, 도쿄의 여느 장소와 다르게 시간을 두고 자연스럽게 일궈진 그 모습을 점점 더 좋아하게 되었다.

나는 자연스러운 시간의 흐름을 타지 않는 도시 사람들의 성급하고 욕심 많은 행동과, 모든 것에 대가를 치르려는 기질을 도무지 이해할 수 없었다. 처음 한동안은 그런 것들이 그저 신기해서, 땅값이 비싸면 사람들 마음이 이렇게 되는구나 하고 촌사람다운 결론을 내리곤 했다.

도쿄 사람들은 내게 언제나 복잡하게 느껴졌다. 주로 도쿄에서 온 관광객들을 많이 봐 온 할머니와 엄마도 나와 같은 의견이었다. 그들은 굳이 만사를 복잡하게 만들고 지나치게 즐거움을 추구하는 것 같다고 우리끼리 늘 말하곤 했다. 하기야 자연이 없고 돈은 필요하니까 어쩔수 없겠지, 하는 어설픈 의견을 나누면서, 관광객들이 빚어내는 갖가지 드라마를 그저 남의 일처럼 바라보았다.

잠깐 일어나 물건을 집어 주는 친절조차, 도시에서는 자신에게 이익이 되느냐 마느냐를 따지며 베푸는 느낌이었다.

적어도 시골에서는, 아무리 돈을 들여도 차가운 바다를 따뜻하게 할 수는 없기 때문에, 여름이라도 기온이 낮으면 손님이 줄어드는 것이 당연지사였다.

가령 관광객을 끌기 위해 돈을 들여 번쩍거리는 새 시설을 조성했다 해도, 거기에서 일하는 사람이 돈을 회수하는 데에만 급급하거나 머리가 나쁘거나 경제적으로 옹색해 그 장소를 애정으로 키워 나가지 않으면 대개는 이내 퇴색해 버렸다. 경치의 힘에 대항할 만한 힘이 없으면 땅의 힘이 점차 그 장소를 침식하고 밀어내 버리는 것이다. 내가 관찰한 바로는 그곳을 망가뜨리는 것은 인간이 아니었다. 그런 곳은 처음에는 북적거려도 알게 모르게 사람이 다가가기 어려운 장소가 되고 만다. 자신에게 어울리지 않는 사람들에게 화가 난 땅이 손님을 떨어뜨리는 빛을 뿜어 내는 듯했다. 그런데 그런 곳에 땅이나 손님이 기억할 수 있는 힘 있는 인물이 하나라도 있으면 흥겨운

리만큼 효과가 나타났다. 그 시설은 악천후와 불황을 이겨 내고 면면히 지속되었다.

그런 것들을 거푸 봐 오면서, 나는 인간이 하는 일은 사실 원시시대나 지금이나 그다지 변하지 않은 듯하다고 늘 생각했다.

처음 어떤 곳에 살기 시작할 때, 무슨 형태로든 기도를 올려 땅의 혼과 원만하게 지낼 수 있는 사람이 있으면, 땅의 혼은 사람들을 불러 모은다. 그럼 우선 그 땅의 주인에게 끌린 사람들이 서로 어우러져 그 장소를 점차 풍요롭게 키워 나간다. 땅도 더불어 기뻐하고 번영한다. 땅의 힘과 사람의 힘, 어느 한쪽이 없어서는 성공할 수 없다. 인간은 현대에도 그런 일들을 조금도 달라진 것 없이 되풀이하고 있다고 생각했다. 규모가 너무 커져서 백 년 후의 결과를 보지 못하니까 알 수 없는 것뿐, 실은 하고 있는 일과 그 결과는 전혀 변하지 않았다고 실감했다.

지금까지 많은 건물이 새로 서고 또 무너지는 것을 봐 왔다. 무언가가 무너진 자리에는 폐허가 생기고, 새로이 고르면 원래의 땅이 모습을 드러내고, 그 위에 또 다른 건물이 섰다. 늘 그 반복이었다. 그렇기에 언제나 관광지의 풍경은 과거의 모습이 겹겹이 쌓여 신비롭고 깊이 있는 정취를 빚는 것이다.

그런 세계 속에서, 욕심 부리지 않고 가진 만큼만 사는 데 힘을 쏟고, 자연스러운 흐름을 따르면서도 갖가지로 궁리해서 절약하고 놀고, 아무튼 사람을 중심으로 즐거운 시간을 보내는 것의 중요함을 나는 할머니와 엄마에게 배웠다.

처음에는 외할아버지와 할머니가 하던 식당에서 엄마가 일을 거들고, 그런 엄마에게 첫눈에 반한 아버지가 요리사로 합세하고⋯⋯. 그러다 엄마가 끝내 가게 문을 닫을 때까지, 딱히 매상이 좋은 것도 아니었는데 그 조그만 식당은 해변의 거리에서 무려 오십 년 가까이 계속되었다.

할머니 얼굴만 보아도 마음이 놓인다는 사람도 있었고, 엄마가 만든 생선찜이 먹고 싶다는 사람도 있었고, 신선한 전갱이다짐 정식이 맛있다며 오는 사람도 있었고, 간판 아가씨였던 나를 보러 오는 사람도 있었다. 낡았지만 청결한 가게 분위기가 푸근하고 아늑하다고도 했고, 관광 올 때마다 가족끼리 습관처럼 들른다는 사람들도 있었다. 돌아가신 할아버지가 이 가게를 좋아했다고 해서 와 봤다는 젊은 부부도 있었다. 다양한 층이 얇게 쌓이고 쌓여, 우리 가게는 어느 틈엔가 두툼한 존재가 되어 있었다.

해변에서 자라 스트레스가 쌓일 때면 바다에 나가 앉

아 있곤 하던 내게 도쿄 생활은 바다가 없다는 것만으로도 힘겨운 면이 있었지만, 그 가게 덕분에 마음은 그리 황폐해지지 않았다.

소박한 마음으로 도쿄로 올라와 실제로 일하기 시작한 후에도, 내가 '무지개'란 가게에 실망하는 일은 거의 없었다. 처음에 물품 반입하는 걸 보면서 괜히 까다롭게 구는 거 아닌가, 너무 거들먹거리는 거 아닌가 싶던 유치한 의문은 손님 층을 확인하고 입출금 서류를 본 후 말끔히 사라졌다. 그렇구나, 여기는 도쿄지 시골이 아니라는 것을 깨달았던 것이다. 하지만 규모가 클 뿐 운영 방식은 할머니와 엄마가 꾸리던 식당과 별로 다르지 않았다. 오너의 애정과 세심한 서비스로 이루어진 그 가게에 있다 보면, 세상사가 틀린 방향으로 흐르지는 않는다는 것을 알 수 있었다.

온당한 순서를 밟아 갖가지 사건이 벌어졌고, 다소 생각이 엇갈려 버거운 일이 생겨도 다 함께 해결해 나가는 즐거움이 있었다. 내게는 그 가게가 학교였고, 가게 사람들은 같은 학교에서 공부하는 이들 같았다. 청결하고 탁 트여 바람이 잘 통하는 가게 안에서는 시간이 천천히 흘렀다. 아무리 바빠도 개의치 않았다.

밤이면 천창으로 달빛이 떨어지고, 테라스 자리에 촛

불을 밝히면 그 빛이 가게 안으로 스며들어 아주 예뻤다. 도시라 여겨지지 않을 만큼 시원스레 지나가는 밤바람도 느낄 수 있었다.

매일 밤, 그 시간이 되면 나는 새로운 감동을 느꼈다. 아, 좋다, 예쁘다, 하고 매일 밤 중얼거렸다.

맑은 날에는 투명하게, 비 내리는 날에는 부옇게, 구름 낀 날에는 차분하게, 한꺼번에 밝혀진 불이 귀엽게 빛났다. 그것은 마치 밤하늘을 수놓은 별 같았다.

고향 집에서 식당 일을 거든 이력이 있어 가게 일에는 금방 익숙해졌다. 그렇게 몇 년이 지내자 나는 우수한 플로어 담당으로 멋지게 출세했다. 많은 사람들이 이런저런 사정으로 그만두었지만, 나는 남아 있었다.

내가 스물두 살일 때 할머니가 뇌졸중으로 돌아가셔서 엄마는 혼자 살게 되었다. 그리고 지난해, 혼자 남은 엄마마저 심장 발작으로 갑자기 돌아가셨다.

가게를 접은 후 여유 시간이 많아진 엄마는 아는 사람의 소개로 새 남자를 만났다. 혹시 재혼하는 게 아닐까 싶던 때였다.

돌아가시기 얼마 전, 젊음을 되찾은 엄마는 피부도 매끄러워지고 한층 멋도 부리게 되었다. 나더러 도쿄에서 고급스러워 보이는 옷을 사 오라고 하기도 했다. 뒤늦게 발동 걸려서는, 하고 투덜거리기는 했어도, 무거운 짐을 내려놓고 오랜만에 밝은 얼굴로 인생을 즐기는 엄마가 보기 좋았다.

내가 가장 슬펐던 건 관 속에 누워 있는 엄마를 봤을 때가 아니라, 그 얼마 전 어느 오후 백화점에서 한참을 고민하다가 휴대 전화로 엄마에게 전화를 걸어 "보라색이 좋겠어? 아니면 검은색?" "줄무늬가 좋아? 아무 무늬도 없는 게 좋아?" 하고 몇 번이나 묻고 농담을 하면서 열심히 고른 스웨터와 치마가, 엄마 없는 방의 의자 등받이에 걸려 있는 것을 봤을 때였다.

그 오후 백화점의 부인복 매장에 있었던 내가 얼마나 행복했고, 그렇게 사소한 일 하나하나가 얼마나 멋진 것이었는지 그때는 전혀 몰랐다.

"아이참, 골치 아프게 굴기는. 엄마가 딱 원하는 옷이 어디 있다고. 아무튼 비슷한 거 찾아서 사 갈 테니까 믿어 봐. 그만 끊는다!"

그렇게 서로 웃으면서 전화를 끊었던 풍요로움이, 엄마 없는 엄마 방에서 스웨터를 바라보는 내 가슴을 숨도 쉴 수 없을 정도로 옭죄었다.

다가가 보니, 싸구려 향수의 궁상스러운 향이 아직도

스웨터에 남아 있었다.

그때 예쁘게 포장되어 신칸센을 타고 나와 함께 여행하고 웃음과 기쁨과 감사의 말을 제공해 주었던 스웨터가 이제는 주인 잃은 개처럼 무료해 보였다.

'두 번 다시 그렇게 웃지 못하겠지. 누군가에게 완벽하게 의지하고, 어떤 말이든 받아 줄 걸 알고서 마음 놓고 전화하는 일도 없겠지. 이제는 모두 타인이야.'

결심하듯 나는 그렇게 생각했다. 그 상황이 왠지 남의 일처럼 여겨졌다.

하지만 내게는 즐거운 추억이 있다. 지금은 아프지만, 언젠가는 곰삭아 야들야들해질 수많은 추억이. 백화점에서의 그 귀여운 장면도 지금은 아프고 괴로울 뿐이지만 언젠가는 무엇과도 바꿀 수 없는 진주처럼 은은한 빛을 발하리라. 그런 생각이 들었을 때, 비로소 첫 눈물이 흘렀다.

하지만 언제? 그런 날이 과연 올까? 그날이 마치 영원처럼 까마득하게 느껴졌다.

그때 백화점 점원은 "이 무늬가 어머니에게 잘 어울릴 거예요." 하고 미소 지으면서 정성스럽게 포장해 주었다.

예쁜 리본으로 장식된 선물의 의미는 결코 물질적인 것이 아니다. 그런 풍요로운 시간을 무언가로 살며시 감싸고 싶은 사람의 마음이다. 영원히 끝이 오지 않는다고 생각하고 싶은 바람이다.

스웨터에 얼굴을 묻고 눈물을 흘리면서, 나는 생각했다.

스스로 말하기 뭣하지만, 나는 우수한 플로어 매니저이자 치프였다. 그런데 엄마가 돌아가시고 시간이 조금 흐르자, 오래도록 도쿄에 혼자 살면서 팽팽하게 당기고 있던 긴장의 끈이 툭 끊어진 것 같았다.

내가 생각해도 활기가 없어지고 밤에도 잠이 잘 오지 않았다. 그러다 가게에서 쓰러졌다. 그것도 세 번이나. 손님이 많아서 끼니도 거르고 일하던 중에 순간적으로 의식이 멀어졌다.

처음에는 병원에 실려 가 링거 주사를 맞았다. 과로 때문이라는 진단 결과가 나왔지만 나는 보나마나 정신적인 증상일 것이라고 생각했다. 활기차게 열심히 일하다가도 갑자기 눈앞이 캄캄해지곤 해서 나 자신도 불안해졌다. 의사는 과로니까 일단 휴식을 취하라면서 약을 처방해 주었다. 한동안 카운슬링을 받으러 다니기도 했다.

오너와 의논한 점장은, 당분간 새로 시작하는 케이터링 회사에서 일하는 것이 어떻겠느냐고 제안했다.

오너의 부인이 팔을 걷어붙이고 개척한 그 회사는 파

티나 회의 등에 프랑스식 타히티 요리와 열대 음료를 제공하는 새로운 장르의 사업체였다. 물론 점장이 권한 것은 직접 음식을 서빙하는 일이 아니라 사내에서 사무를 보고 일정을 조절하는 업무라서, 생각하기에 따라서는 영전이라 할 수 있었기 때문이다.

아마도 점장은 내가 심신이 지쳐 플로어 매니저 일에서 벗어나고 싶어 한다고 추측하고서, 그런 친절한 판단을 내린 것이리라.

하지만 나는 가게에서 일하는 것을 무엇보다 좋아했다. 싹싹하고 붙임성 있는 점원은 아니었지만, 사람을 좋아하고, 다양한 사람들이 오는 것을 즐겼고, 정든 단골손님도 있었다.

그래서 과감하고 솔직하게, 가능하면 그 회사에는 가고 싶지 않다고 대답했다. 성실하고 고집스러운 성격의 나는 일에 관해서는 몇 번이나 점장에게 내 의견을 내세운 적이 있었지만, 자신의 처지를 놓고 고집을 부리는 건 처음이었다. 식은땀이 흘렀지만 도저히 말하지 않을 수는 없어서, 주먹을 꽉 쥐고 종이에 쓴 문장을 읽어 내리듯 딱딱하게 말했다.

"저를 생각해서 말씀해 주신 건데 죄송합니다. 제가 터득한 노하우를 케이터링 업무에는 전혀 살릴 수 없을 것 같아 자신이 없습니다. 더구나 그런 일에는 관심도 없습니다. 그런데도 그쪽으로 가라고 하시면, 그냥 이곳을 그만둬야 할 것 같습니다."

머릿속에 많은 생각들이 오가는 바람에 맥없고 퉁명스러운 말투밖에 나오지 않았다. 그때는 이런 내 성격이 정말 원망스러웠다.

일의 즐거움, 점장에게 고마운 마음, 가게에 대한 애정 등 다른 할 말이 얼마든지 있는데도 도무지 적절하게 엮어 말할 수 없었다.

점장은 놀란 표정으로 잠시 말이 없었다. 나는 하고 싶은 말을 했다는 것에 안도하고서 반응을 기다렸다.

며칠 후, 점장은 또 새로운 제안을 했다.

"오너와도 의논을 해 봤는데, 정 그러면 케이터링 회사 추천 건은 취소하기로 하지. 원래 같으면 그런 개인적인 의견은 통하지 않는데, 자네가 얼마나 열심히 일해 왔는지 나나 오너나 잘 아는 데다, 자네 마음도 충분히 이해하니까 말이야. 그보다 만약 동물을 좋아한다면, 오너 집에서 동물을 보살펴 주고 간단한 집안일을 하고, 그러니까 한 마디로 가정부로 잠시 일해 주면 어떨까?"

갖가지 각오를 하고 있던 나는 어안이 벙벙했다. 예상치 못한 전개였다.

오너의 부인은 마침 첫 아이를 임신한 상태였다. 하필 그런 때에 오래도록 가정부로 일했던 사람이 갑자기 그만 두었다. 그 사람 소개로 온 새 가정부가 현재 있기는 한데, 그 사람은 또 손자가 태어나는 바람에 당분간 휴가를 내어 외국으로 떠났다. 그러니 가정부가 돌아올 때까지만, 말 그대로 한동안만 적당히 일해 주면 된다고 했다.

엄마가 남기고 간 돈도 있고 꾸준히 모아 놓은 돈도 있는 터라, 한 달 정도 몸과 마음을 쉬면 기력을 회복해서 직장으로 돌아갈 자신이 있었다. 그 이상 오래 쉬면 플로어 사람들이 뒤바뀌어 오히려 상황이 힘들어질 우려가 있었다.

나는 마음속으로 재빨리 계산했다.

오너 집에서 집안일을 거들면 오너나 사모님에게 좋은 인상을 줄 수 있고, 점장의 친절에도 보답할 수 있고, 몸이 나태해질 일도 없다. 무엇보다 가게에서 다시 일하고 싶다면 이 일을 받아들이는 수밖에 없다. 동물을 좋아하고 집안일도 잘하니까, 그 정도 선에서 해결된다면 더없이 좋은 제안이었다.

기꺼이 하지요. 나는 대답했다. 그리고 일주일에 닷새, 청소를 하고 애완견을 돌봐 주고 정원을 손질하고 시장을 보는 등의 잡일을 하는 대신, 새 가정부가 돌아오면 바로 가게로 돌아올 수 있게 해 달라고 점장에게 부탁했다. 점장은 흔쾌히 고개를 끄덕였다.

열심히 일해서 하루 빨리 본업으로 돌아가야지, 하고 생각하면서, 나는 태평하게 미소까지 띠고 임시 가정부 일을 시작했다.

*

그 일련의 과정 속에서 무엇이 어떻게 돌아갔고 내가 어떤 느낌을 가졌었는지를 뼈저리게 이해한 것은, 일주일 전 모레아의 방갈로에 도착하고 나서였다.

나도 자신의 둔감함에 놀랐다.

그전까지는 하루가 멀다 하고 생각이 바뀌고 마음이 혼란스러워, 마치 폭풍에 갇혀 있는 것처럼 뭐가 뭔지 알 수 없었다.

옛날부터 친구나 부모님이 "너 참 둔하다, 왜 그렇게 눈치가 없니." 하던 게 다 사실이었다는 걸 깨달았다. 늘 가만히 보고 관찰하는 데 정신을 파느라, 자신의 생각까지 더듬으려면 시간이 무척 걸린다.

일본을 떠나 긴 비행 후에 국내편 경비행기로 갈아타고 처음 모레아의 조그만 공항에 도착했을 때조차, 피곤한 건지 우울한 건지 여행이 즐거운 건지 귀찮은 건지 잘 몰랐다.

남국의 햇살 속에 몸을 한껏 담그고서도 아무런 느낌이 없었다.

믿기지 않았다. 지금까지는 아무리 피곤하고 어깨가 돌덩어리처럼 뭉치고 다리가 퉁퉁 부어 아파도 고향 집에 내려가 해변 둑에 쏟아지는 햇살을 온몸으로 맞고 서 있으면 마치 충전된 것처럼 거뜬하게 되살아났는데, 하는 생각에 나는 충격을 받았다. 꼭 상자 속에 갇혀 보는 바깥 세계처럼, 예쁜 것도 기운찬 햇살도 멀게만 느껴졌다.

공항에는 많은 닭과 병아리 들이 삐약삐약 귀여운 소리를 내며 걸어 다니고 있었다. 정체 모를 시원한 음료수를 사 들고 딱딱한 의자에 앉아 단숨에 들이켰을 때, 그 달짝지근함이 목구멍을 타고 쓰윽 내려가 위가 짜릿하도록 차가워졌을 때에야 비로소 남국의 햇살이 조금 반가워졌다.

돌아보니 그곳에서는 모든 것이 불타오르듯 살아 있었다. 식물도 사람들도 땅속 깊숙이 뿌리내리고 있다. 그리고 누군가가 조그만 우쿨렐레를 켜기 시작했다. 아아, 남국이다, 하고 나는 생각했다. 그 소리는 음료수만큼이나 시원하고 상쾌하게 내 몸속으로 스며들었다. 그리고 쓸데없이 들어가 있던 힘이 몸에서 천천히 빠져나가는 것을 느꼈다.

마중 나온 차를 타고 방갈로에 도착했다. 방갈로는 판잣집처럼 군데군데 부서져 있었지만 내가 자란 고향 집과 비슷하게 탁 트여 있고 아주 안락했다.

체크인을 하고 침대에 누워 뒹굴다 보니 어느새 해가 기울었다. 우선 해변으로 나가서 둑에 앉아 저녁 해를 보기로 했다.

나는 고등학교 시절부터 애용하던 낡은 비치드레스를 입고 콧노래를 흥얼거리면서 해변을 따라 저녁 해가 보이는 곳까지 걸어갔다. 바다다, 그리운 바다다, 하고 생각하면서.

모래가 발에 휘감겨 걷기 불편했지만, 바로 옆에서 조용히 흔들리는 바다를 느낄 수 있어 기분 좋았다.

파도는 살며시 밀려왔다 밀려가고, 구름이 많아서 맑을 때보다 희붐한 저녁노을이 온 하늘을 덮고 있었다. 구름 속에서 형광 오렌지색 테를 두른 태양이 서서히 바다 위로 떨어져 갔다.

바람이 조금씩 서늘해지고, 서쪽 아닌 하늘은 미묘한 색으로 어두워졌다.

사람들이 저녁을 준비하는 소리가 들려왔다. 의자를 늘어놓고, 무언가를 볶고, 또는 포치에 나와 맥주를 마시는.

샤워하는 어린아이들이 재잘거리는 소리도 들려왔다. 그리고 프런트 근처에 있는 레스토랑은 그야말로 오픈 전의 분주한 한때, 주방에서는 열심히 음식을 준비하고, 웨이터와 웨이트리스는 장내를 정리하려고 어슴푸레한 빛 속을 미끄러지듯 기민하게 움직이고 있었다.

아, 좋겠다. 나는 그 광경을 보는 순간 분명하게 그렇게 생각했다. 나도 저렇게 일했으면 좋겠다, 하고.

그리고 요즘 내가 무엇에 매달려 있었는지도 분명하게 인식했다. 그것은 부모님이 내게 가르쳐 준 것……. 살아가기 위해서는, 담담하게 일하고, 들뜨지 말고, 복잡하고 성가신 일에 휘말리지도 말고, 자기 발이 딛고 있는 땅을 찬찬히 내려다보면서 걸어갈 것, 그리고 하루하루의 생활과 자연의 힘에서 얻은 행복과 즐거운 기억을 잊지 말 것……. 눈을 감고 흔들리는 그 생각을 꼭 붙잡고 있는 게 고작이었다. 그러다 너무 필사적이었던 탓에, 당연하게 그저 거기에 있는 부드러운 것, 자신의 너그러움과 유연

한 마음으로부터 나도 모르는 새 벗어나고 말았다.

전화기 저편에 있어야 할 엄마의 목소리를 잃은 후, 나는 어떤 것에도 의지하지 않으려고 의식적으로 세계와 나를 떼어 놓았다. 딱딱하고 단단한 돌처럼, 다만 시간이 지나기를 기다렸다. 어떤 상황에서든 진정한 것을 보려 하지 않았다.

나를 소중하게 여겨 준 점장과 가게 동료들과도 알게 모르게 사이가 틀어지고 말았다. 어쩌면 예전처럼 같이 일하기는 힘들지도 모른다.

매일 내게 신경을 써 주고, 쓰러지면 있는 힘을 다해 이름을 부르며 병원까지 따라와 주었던 후배들. 그때는 쉬지 않겠노라 고집을 부리면 오히려 폐가 될 것 같아 미안하게 생각했다. 그런데 그 후의 흐름은 해류처럼 나를 그 가게에서 먼 곳으로 떠내려 보내고 말았다.

모레아 곳곳을 채우고 있는, 비현실적일 만큼 거대하고 섬세한 자연의 힘은 나를 단박에 높은 곳으로 쑥 밀어 올렸다. 나는 높은 곳에서 내 조그만 몸을 바라보면서, 하늘에 닿을 듯 애절한 바람을 내 귀로 들을 수 있었다.

멀리서 아른거리는 서쪽 햇살, 그리고 부드러운 천처럼 흔들리는 바다, 머리칼을 어루만지고 지나가는 바람, 모든 것이 움직이고 있는데도 아주 고요했다.

그 누구보다 생기발랄하게 일하고, 다리가 뻣뻣하게 굳은 날에도 "아, 오늘도 즐거웠다!" 하면서 동료들과 술잔을 나누며 웃고 떠들다가 다음 날 아침이면 반짝 눈을 뜨던 시절의 내가 되살아난 듯 느껴졌다.

깨우침이 점차 나를 채워 갔다. 따스한 파도처럼.

그 가게를 좋아했다느니, 어떤 가게에서 일하고 싶다느니 싶지 않다느니 하는 단순한 문제가 아니라, 그저 가게에서 일하고 손님을 접대하는 것이 나의 천직이라는.

이 집 저 집에서 나는 저녁 찬기 소리에 나는 더욱 감상에 빠졌다.

"어서 돌아가고 싶네, 그 가게로."

소리 내어 말하자 그리움이 한결 더했다.

이 시간대가 되면 지친 몸을 추스르며 타임카드를 찍었다. 하지만 누군가를 만나 농담 한마디와 어제 한 데이트의 전말을 듣거나, 누가 누구랑 잤다느니 점장이 부부 싸움을 한 것 같다느니 하는 얘기를 나누고, 늘 지각하는 사람에게 따끔하게 화를 내고 하다 보면 피로가 말끔하게 날아가 버리곤 했다. 모두들 나를 의지했고, 컵을 씻고 냅킨을 가지런히 접어 놓고 음료가 모자라니 창고에 가져오라고 지시하고 단골손님과 속 깊은 대화를 나누며 따스하게 교류하는 것, 모두가 늘 되풀이되는 하잘것없는 일상인데도 즐거웠다. 갑자기 손님이 많이 들어오면 수완을 발휘할 기회로 삼았고, 손님이 없어 한산하면 실내를 정리하고 정성 들여 예쁘게 만든 음식을 교대로 먹었다. 일을 끝내고 돌아가는 길에 한잔하러 가기도 하고, 누군가의 고민거리를 들어 주기도 하고, 손을 흔들고 웃으면서 배웅을 하고 배웅을 받고, 피곤해서 깊이 잠들고, 오후에 일어나 텔레비전을 보면서 커피를 끓이고, 오늘 저녁 예약 손님은 누구였는지를 생각했다. 오늘 저녁때는 누구누구가 단체로 오니까, 그 직원이 큰 도움이 될 거야, 하는 생각을 늘 했다. 마음에 들지 않는 동료도 함께 일하다 보면 연대감이 생겼고, 그만둘 때면 아쉬워서 가슴이 찡해지곤 했다. 내 주위에는 언제나 깊이 생각지 않고서도 활기차게 몸을 움직일 수 있는 직장 특유의 사소한 배려와 친절한 손길이 있었다. 그곳에는 그런 평범한 행복이 있었다.

파도 소리가 하염없이 귓가를 맴돌았다. 새가 하늘을 질러 둥지로 돌아간다.

요즘 나는 어느 순간에는 낙천적이다가도 어느 순간에는 절망감에 가슴이 메었다. 혼란이 생각을 격랑처럼 쥐고 흔들었다. 그러나 내 인생에서 하고 싶은 일만은 오래전부터 정해져 있었다. 그것은 가게에서 일하는 것. 그것만 흔들리지 않는다면, 어떻게든 된다. 그렇게 생각했다. 여행과 바다의 힘이 그런 생각을 안겨 주었다.

레스토랑을 돌아보니 웨이트리스가 걸어 다니면서 테이블 하나하나에 소박한 테이블클로스를 덮고 그 위에 양초와 빵을 놓고 있었다.

빠릿빠릿하고도 감정 없는 그 동작을 보자 산 저편에서 밀려오는 밤이 현실로 느껴졌다.

나는 그제야 겨우, 늘 내 자리였던 플로어를 헤매고 있는 유령 같은 자신에서, 저녁 반찬을 생각하는 여행지의 자신으로 돌아올 수 있었다. 이미 어둠에 지워져 가는 웨이트리스의 그림자가 그 무엇보다 확실하고 소중한 것으로 여겨졌다.

그들은 나와 같은 일을 하는 사람들, 만국 공통의 동료다, 라고 생각했다.

모레아에서 방갈로 생활을 하는 동안 저녁은 레스토랑까지 걸어가서 먹는다 쳐도 아침은 부엌에서 간단하게 만들어 먹기로 한 나는, 어느 날 밤 차를 빌려 동네 슈퍼마켓에 가서 물과 빵과 먹을거리를 샀다. 이미 밤이 늦어 배가 쫄쫄 고팠다. 그래서 슈퍼마켓 근처에 있는 그럴듯한 레스토랑에 들어가기로 했다.

차를 세워 놓고 사방을 돌아보니, 레스토랑 조금 못 미쳐 조그만 보석 가게가 있었다. 가게 안은 조명과 유리에 반사되는 빛으로 반짝반짝 빛났다.

나는 훌쩍 그 가게에 들어가 실내를 돌아보며 걸었다. 다양한 모양과 빛의 진주들, 모두 바닷속에서 조개의 품에 안겨 조금씩 자라난 바다의 아이들. 조갯살이 빚어낸 아름다운 혼의 편린.

타히티로 오는 비행기 안, 스튜어디스들의 귀에 박힌 까만 진주 귀걸이가 그녀들의 가무잡잡한 피부에 정말 잘 어울렸다. 이 여행을 하는 동안 나도 그만큼 까매지면 흑진주 하나 사는 것도 괜찮겠는데, 하고 생각하면서 까만 진주를 보고 있자니 왠지 가슴이 찌뿌듯해졌다.

어? 왜 이러지, 이렇게 반짝반짝 빛나는 예쁜 것을 보고 있는데 왜 불길한 예감이 드는 걸까? 하며 고개를 갸웃거렸다.

나는 늘 그렇다. 자신의 감정을 인식할 때는 우선 어슴푸레한 느낌만 있고, 그것이 머릿속에서 어떤 이미지로 그려질 때에야 비로소 깨닫는다. 둔감해서가 아니라 마음이 어떤 것에도 물들지 않은 증거라며 스스로는 자랑스럽게 여기고 있었다. 깨달을 때까지 가만히 놔두는 것, 흔들지 말고 자연스럽게 깨어나기를 기다리는 것이 핵심이다.

그러다 저절로 떠오르는 것만이, 내게는 진실이었다.

갖가지 디자인으로 변형된 진주들이 하얀 천 위에 전시되어 있었다.

불현듯 어떤 가슴께가 떠올랐다. V자로 깊이 파인 스웨터 사이로 보이는 새하얀 앞가슴. 그곳에서 늘 가늘게 빛나는 금색 체인과 커다란 흑진주.

그랬구나. 오너의 부인이 늘 목에 걸고 있던 목걸이의 펜던트가 흑진주였다. 틀림없이 오너에게서 받았을, 커다랗고 검게 빛나는 흑진주. 이렇게 불길한 예감과 함께 그것을 떠올리다니 역시 나와 사모님은 성격이 맞지 않았나 보다고 생각했다. 내가 그녀를 얼마나 싫어했는지 극명하게 깨우친 순간이었다. 나는 이만큼이나 고통스럽게 질투했던 것이다.

그런 느낌이 절절했다.

그런 일로 이렇게 아름다운 것을 꺼려서는 안 된다는 듯이, 나는 아주 동그랗지는 않은 조그만 흑진주 귀걸이를 사서 거울 앞에서 살짝 귀에 꼈다. 한동안 이 섬에 있으면서 더 검게 타면 내게도 잘 어울리리라. 그렇게 생각했더니 흑진주의 불길한 이미지가 내게서 벗어나, 나비처럼 살랑살랑 날아서 가게 밖 밤의 어둠 속으로 사라졌다.

*

　오너의 부인인 그 집 사모님을 처음 소개받았을 때 나
는, 참 인간미 없는 사람이네, 하고 생각했다. 처음 만났
을 때 이미 사람의 종류가 전혀 다른 것 같고 평생 마음
이 맞는 일은 없을 거라고 느꼈다.

　사모님은 좀 예민해 보이는 미인에 나이는 삼십 대 후반
이고, 감각 있는 옷차림과 절도 있는 몸짓이 언뜻 보기에
는 다양한 감정을 지녔을 듯한 인상을 주는 사람이었다.

　'무지개' 같은 가게를 일군 오너를 보아 좀 더 소박하고
다부진 부인과 편안한 느낌의 집을 상상했던 나는, 그 미
인 사모님과 딱 보기에도 부잣집 같은 모던한 인테리어와
가구가 조금 실망스러웠다.

　그렇구나, 이런 데였구나, 하며 다소 아쉬운 기분이 들
었지만 그래도 이내 수긍했다. 그렇게 멋들어진 가게의 오
너인데 그에 어울리는 집에 사는 것이 당연하지, 내가 정
말 어린애 같은 상상을 했네, 오너는 이제 타히티에서 생
활하던 히피 시절의 오너가 아닌데 뭘, 하고서 아직도 내
게 남아 있는 유치한 동경심을 우스꽝스럽게 생각했다.

　사모님은 내게 웃어 보이고 말도 건넸지만, 별로 마음
에 와 닿지는 않았다. 내게 조금도 관심이 없다는 것만 전

해졌다. 오래도록 웨이트리스로 일해서 그런 태도에는 익숙한데도, 집 안에서 그런 대접을 받으니 본업이 아닌 만큼 더욱 거부감이 느껴졌다.

사모님이 자신의 일을 무척이나 소중히 여긴다는 것은 족히 알 수 있었다. 늘 바쁘게 전화를 걸고, 사람을 만나기 위해 휑하니 외출하고, 서류를 작성하고, 회계사와 세무사를 불러들이곤 했다. 모든 일에 열의를 다해 열심히 했다. 때로 콧잔등에 땀이 송송 맺히기도 하고, 혼자서 중얼거리기도 하고, 전화 속 보이지 않는 상대방에게 허리를 굽히기도 했으니까.

나는 일하기 시작한 첫날, 어쩜 이 여자는 동물을 싫어하는지도 모르겠네, 하고 금방 알아챘다. 개든 고양이든 고루 보살피기는 하지만 굳이 눈을 돌려 보려 하지는 않는 느낌이었다. 요컨대 동물들은 나와 마찬가지로 풍경이나 다름없는 존재였다.

그래도 가게에서 일하며 수천 명의 손님을 보아 온 나는 금방 알 수 있었다.

사모님은 전체적으로 감정을 잘 드러내지 않을 뿐, 딱히 나쁜 사람은 아니라는 것을. 그리고 머리 회전이 너무 빠른 탓에 늘 답답해하는 타입이라는 것도. 예를 들어 플로어에서 같이 일한다고 치면, 자기 일은 척척 잘하지만 주위 사람들은 편하게 못해 주는 타입이라고.

하지만 그런 타입의 사람과 일한 적도 종종 있었고, 그 케이터링 회사에 갈 일은 없으니까 별 상관 없었다. 사모님은 만날 때마다 내게 방긋방긋 웃으며 고맙다고 말해 주었고, 매일이 순조로웠다.

그럼에도 곰곰 생각하게 되는 일이 몇 가지 있었다.

예를 들면 정원을 보는 순간, 그 정보들이 전해진다.

이제는 돌보는 손길이 없는 황폐한 정원. 겉은 그런대로 정리되어 있지만, 말라비틀어진 나무와 퍼석퍼석한 흙으로 가득한 서글픈 정원이었다. 그리고 과거 언젠가 그 정원이 정성스레 손질되던 시절이 있었다는 것도 느낄 수 있었다.

개나 고양이도 비슷했다.

깡마른 시츄는 잘 보이지 않는 곳에 피부병이 잔뜩 번져 있었다. 페르시아종 혼혈인 듯한 고양이는 부숭부숭한 털이 멋들어졌지만 어딘가 모르게 너저분하고 윤기도 없었다. 그리고 분위기도 왠지 섬뜩했다. 아무리 잠깐 동안 일하는 아르바이트라 해도 집안사람들이 보살펴 주지 않는 동물들에게 정이 들면 애틋해지게 마련이다. 하지만 고용된 이유가 이것이라 생각하니 오히려 꼼꼼하게 보살펴 주고 싶었다.

사모님이 돈에 좀 민감할 것 같아 따로 설득하기가 귀찮았던 나는, 바보스럽다고 생각하면서도 개를 몰래 병원에 데려가 내 주머니를 털어 피부약을 발라 주기로 했다. 차 안에서 개는 내게 몸을 딱 기대고 있었다. 쓰다듬어 주자 스르르 눈을 감고 잠들었다. 병원에서도 얌전하게 굴었고, 돌아오는 길에는 내 무릎에 올라앉아서 운전하기 힘들 정도로 손을 핥아 댔다. 고양이도 매일 예뻐해 주었더니 곧 야옹거리며 다가오게 되었다. 더는 할퀴거나 소파나 테이블 밑에 숨어 움찔거리며 도망치지 않았다.

그런 식으로 지냈더니 불과 일주일 만에 개와 고양이는 방에다 풀어 놓기만 해도 다가와서 재롱을 떨며 내 곁을 떠나려 하지 않았다.

나는 일이라 생각하고서 최대한 인상을 찌푸리고 무뚝뚝하게 대했는데, 진짜 마음을 아는 동물들은 점점 나를 따랐고, 나 역시 사실은 귀여워 못 견딜 정도로 그들을 좋아하게 되었다.

나는 오너, 즉 그 집 주인과는 한 번도 마주친 적이 없었지만, 가게에서는 전에 몇 번 만난 일이 있었다. 늘 종업원들에게 친절하게 말을 건네고, 누가 그만두거나 새로 들어오면 반드시 인사하러 와 주었다. 그는 햇볕에 까맣게 탄 얼굴에 차림새도 늘 말끔하고 어딘가 모르게 느긋한 인상을 풍겼지만, 왠지 가정이 없는 사람 같아 보였다.

그의 집에 일하러 다니면서 나는 곧 오너의 부초 같은 면을 이해하게 되었다. 만약 이 집에 살았다면 나 역시 그런 모습이었으리란 생각이 들었다.

가게에서의 내 위치는 그런 예리한 관찰력이 만들어 준 것이었다.

나는 다른 것은 전혀 못하는 아둔한 사람인 대신, 늘 시간을 두고 지그시 사람을 관찰해 왔기 때문에, 상대에 대한 많은 것을 금방 알 수 있었다.

두고두고 가만히 보다 보면 사소한 몸짓이나 음식을 먹는 방식에서 겉보기와 전혀 다른 내면을 알게 된다. 내가 말수가 적기 때문이기도 했지만 그게 전부는 아니었다. 그런 때에는 나의 내면도 침묵하고 있기에 그만큼 눈이 밝아진 것이라고 생각한다.

미숙한 솜씨로나마 꼼꼼하게 청소했기 때문에 오너와 사모님이 사는 그 집은 늘 깔끔했지만, 이상하게 사람 사는 온기가 없고 항상 고요했다.

부자가 되면 이런 건가, 하고 생각하면서 나는 매일 담담하게 일했다. 동물들은 그런 나를 졸졸 따라다녔다. 하지만 아무리 정성 들여 깨끗하게 정리해도, 아무리 동물들이 돌아다녀도, 그 집에는 중심이랄 게 없었다.

그 집에 있을 때, 특히 부엌에 서면 나는 항상 할머니와 엄마를 생각했다.

낡아 빠진 우리 집은 늘 외풍이 불고 바닥에는 모래가 자글거렸지만, 엄마의 손길이 닿은 모든 것에 마법처럼 엄마의 흔적이 남아 있었다.

식용유 병 밑에 접어서 깐 광고지조차 엄마의 모습을 담고 있었다. 큰 병에서 작은 병으로 간장을 옮겨 담는 엄마의 몸짓과 신문을 읽을 때면 구부정해지는 등은 할머니와 똑같았다. 그리고 할머니의 그런 몸짓이 또 할머니의 엄마와 똑같았으리라고 상상할 수 있었다.

여자들의 모습은 그렇게 집 자체와 점차 하나가 되어 간다. 어떤 한 여자와 그 여자의 엄마가 그 집을 사랑하면서 자애롭게, 또는 거칠게 키워 온 그립고 푸근한 무엇이 이 집에는 결여되어 있다고 나는 생각했다.

그것은 사모님의 여성성을 운운할 문제는 아니었다. 그곳에 사는 가족이 '앞으로 계속 여기서 살아가야지' 하고 생각하는 친밀함, 새 둥지처럼 더러워도 아늑하고 따스하면서 편안하게 늘어질 수 있는 안락함. 그 집에서는 도무지 그런 것을 느낄 수 없었다.

넓기만 할 뿐 마치 아무도 살지 않는 폐허 같은 그 집에 혼자 있다 보면, 어느 순간 엄마와 할머니가 한층 그리워졌다. 그들을 만나고 싶어질 만큼 그 집은 쓸쓸했다. 고 아처럼 우두커니 서서 오래도록 누군가를 기다리고 있는 기분이었다. 쓸쓸한 집은 그곳에 있는 사람을 마냥 쓸쓸 하게 만든다.

*

긴 세월 동안 그 집에서 일했다는 아줌마 야마나카 씨 와는 인수인계를 할 때 딱 한 번 만났다.

세련되고 기품이 있는 음악 선생님 같은 분위기에, 안 경을 끼고, 꼼꼼하게 화장을 하고, 또렷한 발음으로 말하 는 사람이었다.

야마나카 씨가 집안일에 대해 한차례 설명하고, 나는 열심히 메모를 했다.

왜 그만두는지 물을 생각도 안 들 만큼, 또 그럴 틈도 없을 만큼 자세하게 설명해서 따라 쓰기만도 벅찼다. 하 지만 야마나카 씨가 집안의 모든 관리를 도맡았던 우수 한 인재라는 것은 충분히 느껴졌다. 야마나카 씨는 자신 의 흔적이 전혀 느껴지지 않을 만큼 완벽한 전문가의 솜 씨로 집안을 통솔했으리라 생각됐다.

"그럼, 이만 실례할게요."

"문단속은 제가 하고 나가면 되죠?"

설명을 들은 후에 개를 데리고 산책을 다녀온 나는, 야마나카 씨의 얼굴은 제대로 보지 않고 개의 발을 닦으면서 말했다. 야마나카 씨는 한참 동안 말없이 내 모습을 지켜보고 있었다.

"그쪽이 온 후로 정원이 몰라보게 예뻐졌네요. 나무들도 반짝거리고."

그리고 그렇게 말했다.

"일이니까요. 움직이는 걸 좋아해요."

나는 무뚝뚝하게 대꾸했다.

"당신, 마음의 병이라던가, 아무튼 재활을 위해서 이집에 온 거라면서요?"

드디어, 하고 나는 생각했다. 그녀의 호기심에 찬 눈을 봤을 때부터 이런 질문이 나오리라 예감했다.

"아니에요. 피로가 좀 쌓여서 쓰러졌을 뿐이에요. 점장이 오너에게 의논했더니 고맙게도 휴가를 내 주었어요. 하지만 돈이 없으면 곤란할 테니까, 한동안 쉬면서 이 집에서 아르바이트를 하게 된 거예요."

"그렇군요. 하지만 마음의 병 때문에 쓰러지기도 한다고들 하니까……."

야마나카 씨는 값을 매기기라도 하는 듯한 눈빛으로 나를 힐금거리면서 의미심장하게 말했다. 나는 '아, 싫다.' 하고 생각하면서도 미소를 잃지 않고 그저 대화가 끝나기를 기다렸다.

"그럼 머지않아 가게로 다시 돌아가는 거예요?"

"네, 그래요."

"잘됐네."

야마나카 씨는 진심 어린 미소를 띠었다. 나는 '어라?' 하고 생각했다.

내 생각과는 조금 다른 상황이 전개될 것 같았다.

"내가 이런 말 하는 건 좀 그렇지만, 그쪽은 이게 본업이 아니고 전문가들끼리 인수인계를 하는 것도 아니니까 그냥 한마디 할게요. 우리끼리만 하는 얘긴데, 사모님은 임신했다는 핑계로 개와 고양이를 포기할 모양이에요. 원래 동물을 그리 좋아하는 사람도 아니고. 남편이 좋아하니까 어쩔 수 없이 키웠던 거죠. 주인어른은 물론 반대하는 것 같지만, 일이 바빠서 집에 잘 들어오지도 않잖아요. 그래서 의논도 하지 않고 어디로든 보낼 계획인 것 같아요. 애완동물 센터 같은 데에다 팔 속셈인지, 얼마 전에 전화로 그런 얘기 하는 걸 들었어요."

야마나카 씨는 아무렇지 않은 투로 말했지만 동요한

나는 순간적으로 웃음을 지우고 말았다. 그녀가 그런 내 표정을 놓칠 리 없었다.

"동물 좋아하죠? 그래서 말해 두는 게 좋겠다 싶었어요. 그럼 결국 팔게 된다 해도 조금 더 좋은 곳으로 보낼 수 있잖아요. 이것도 우리끼리라서 하는 말인데, 난 사모님 싫어해요."

갑작스럽고 결연한 고백에 놀란 나는 되묻고 말았다.

"그런 말 해도 돼요?"

"어때서요, 난 그만둘 사람인데. 그리고 진심이고."

그러고서 야마나카 씨는 짐을 내려놓고 목욕물을 데웠다.

"난 온갖 집에서 일해 봤기 때문에 느낌으로 알 수 있어요. 이 집은 이제 곧 문젯거리가 생길 시기야. 그래서 그쪽이 전문적인 가정부라면 어떻게 대처해야 하는지 충고하고 싶었고, 그렇지 않다면 괜스레 깊이 관여하지 않는 편이 좋고, 동물을 좋아한다면 동물의 앞날을 생각해 둬야 할 거라고 말해 주려 한 거예요."

"그렇군요."

"사모님도 요새 일에 몰두하고 있으니까, 집에 있는 시간이 그리 많지 않은 것도 이해가 가잖아요? 그래서 그다지 신경 쓰지 않았는데, 비서인가 하는 남자가 처음 이 집에 왔을 때, 난 척 알아봤어요. 두 사람 사이는 보나마나 뻔하다고. 그리고 둘이서 그, 음식 배달 회사인지 뭔지 하는 걸 새로 시작한 거 아니겠어요? 그래서 더욱 일에 매달리는 거고. 여자가 연애를 할 때 어떤 느낌인지 아니까. 가끔 나더러 무슨 연락을 부탁하기도 해서 그때 확신했어요. 그래서 더욱이 개와 고양이를 치워 버리고 시간을 벌고 싶은 것 아닐까. 그런 시기에, 그런 환경에서 이 세상에 태어날 아이가 불쌍하네요."

그렇게 말하면서 야마나카 씨는 내게도 차를 끓여 주었다. 아주 맛있는 전통차였다.

나는 '이 아줌마, 생각했던 것보다 좋은 사람인지도 몰라.' 하고 생각했다. 하지만 전문 가정부였던 시절에는 아무리 인수인계를 하는 자리라 해도 지금 같은 얘기는 절대 꺼내지 않았으리라. 이 사람은 이미 그만두었기에 자신에게 많은 것을 허용하고 있는 것이다. 그런 생각이 들었기에 나는 그녀의 의견이 틀리지 않다고 여길 수 있었다.

그러고 보니 사모님은 업무상의 통화치고는 좀 은근하다 싶은 분위기로 얘기할 때가 있었고, 휴대 전화로 전화가 걸려 오면 가만히 자기 방으로 가 버리기도 했던 것 같다. 일을 시작한 지 오래지 않은 내가 그렇게 느낄 정도니, 야마나카 씨는 굳이 말하지 않아도 사실은 더 많은 것을 보고 들었으리라고 생각됐다.

"차 맛있네요. 고맙습니다."

"뱃속에 든 아이도 주인어른 아이가 아닐 거야."

나는 깜짝 놀랐다.

"무슨 그런 말씀을! 그런 걸 어떻게 아세요?"

"그런 느낌이 들어요. 사모님이 임신했다는 걸 안 후로 두 분 사이가 더 이상해졌거든. 부잣집에는 갖가지 사건이 많다지만, 보수적인 건지 몰라도 난 그런 건 영 싫어요. 그래서 고향에서 딸 부부가 집을 새로 짓는데 같이 살자고 하기에 과감히 그만두기로 한 거야. 사모님은 일주일에 두 번만이라도 와 달라고 했지만. 태어난 아이를 보면 더 힘들어질 것 같아서."

"주인어른은 아시나요?"

"아무래도 어렴풋이는 알고 있지 않겠어."

"그렇군요……."

나는 타히티를 끔찍이 좋아하는 오너를 생각했다. 있을 곳이 없어질 동물들을 생각하듯.

"난 아이들을 좋아해. 일을 잘하니까 와 달라는 데도 많았고, 주로 부잣집에서 일했어. 그런데 어느 가정이나 조금씩 문제가 있더라고. 하지만 아이들은 얼마나 귀여운

지 몰라. 부모가 어떻든, 가정이 아무리 한심하든, 아이들에게는 죄가 없잖아. 그걸 보면 조금 위안이 돼. 만약 태어난 아이를 보고 정이 들면, 앞으로 옥신각신하는 일이 생길 때 더 괴로워질 것 같았어. 그러니까, 동물을 좋아한다면 당신도 나와 비슷한 기분이 들지 않을까 싶어서 한마디 해 준 거야. 사모님에게는 절대 비밀이야. 만약 이 집 개와 고양이를 맡아 주겠다는 사람을 찾으면 사모님에게 주위에 개를 갖고 싶어 하는 사람이 있다거나 고양이를 좋아하는 사람이 있다고 넌지시 말해 봐. 그러다 사모님이 알게 되어도 난 상관없으니까, 가능하면 좋은 곳을 찾아 줘."

"고마워요."

"동물을 보살피는 아가씨 모습을 보니 가만히 있을 수가 없었어. 내가 아이들을 돌볼 때와 같은 얼굴로 일하고 있었거든."

그럼, 잘 있어요.

처음 만났을 때보다 한층 친근한 미소를 띠고 그녀는 돌아갔다.

나는 창문으로 그녀의 뒷모습을 바라보면서, 늘 이랬지, 하고 생각했다.

꽃무늬 블라우스와 조그만 핸드백, 오래 신어 닳고 닳

은 가죽 구두. 누군가의 할머니이자 엄마인, 그리고 전문 가정부인 그녀의 뒷모습.

사람을 차별 없이 대하는 한, 첫인상이 아주 나빴던 사람이라 해도 어딘가에 좋은 구석이 있고, 함께 있으면 어떤 부분이 서로 공명했다. 잠깐 사이였는데도 야마나카 씨는 내게 그런 느낌을 되살려 주었다.

돌아보니 소파에서 개와 고양이가 같이 잠들어 있었다. 몸을 동그랗게 구부리고 안심한 듯 새근새근 숨소리를 내면서. 고양이는 꿈을 꾸면서 조그만 손으로 개의 털을 만지작거렸고, 개는 살짝 코를 골았다. 왠지 마음이 찡해져서 나는 황급히 청소를 하고 찻잔과 찻주전자를 씻었다.

그런데도 내 손과 몸속은 차의 온기로 따끈하게 녹아 있었다.

어떻게 그리 쉽게 개와 고양이를 버리겠다는 생각을 할수 있는지, 줄곧 동물을 키워 온 나로서는 도저히 이해할수 없었다. 차라리 남편이 아닌 남자의 아이를 갖는 감정은 이해할 수 있을 것 같았다.

만약 개는 그저 개고 고양이도 그저 고양이라고 여긴

다면, 그것은 아주 간단한 일이리라. 도로는 도로, 하늘은 하늘, 나무는 나무고, 스테이크도 원래 소였던 것이 아니고, 아끼던 접시가 깨져도 새로 사면 그만이라고 생각한다면.

하지만 그렇게 생각하면 내게 세계는 아무런 수수께끼도 재미도 없는 것이 되고 만다. 관찰의 기쁨, 뜻밖의 것을 발견하는 감동도, 일하는 즐거움도, 살아 있다는 실감도 거의 없어지리라는 생각이 들었다. 내게 즐거움이란 반드시 아픈 마음과 바꾸어서만 얻을 수 있는 것이었다. 세계와의 연결 고리는 수천 개가 있다. 엄마가 돌아가셔서 외톨이가 된 지금, 그 수를 한층 늘려 가고 싶었다. 그것이 내가 살아 있는 증거처럼 느껴졌다.

일을 쉬고 가정부 비슷한 아르바이트를 하며 몸을 추스르고 있던 나를 진정으로 다시 일으켜 세운 것은, 도쿄에도 있는 조촐한 자연, 그 집의 개와 고양이, 정원의 나무들이었다.

처음 그 집에 갔을 때, 개는 산책할 때 말고는 울타리 안에만 있어야 했고, 고양이는 오너의 서재에 갇혀 있었다. 나는 개를 데리고 하루에 두 번 산책을 하고 아무도 갈아 주지 않는 더러운 물을 매일 갈아 주었다. 또 내가 있는 동안은 개와 고양이가 집 안을 마음대로 돌아다닐 수 있게 허락을 받았다. 그 점에 대해서는 사모님도 관대했다.

"돌봐 줄 수 없으니까 가둬 두는 것뿐이야. 누구든 있다면 풀어 주려고 했어. 대신 가구나 카펫이 더러워지면 청소해 줘. 그래도 가구는 새로 살 수 있지만 살아 있는 것은 목숨이 없어지면 두 번 다시 돌아올 수 없으니까, 가구보다는 동물을 소중하게 여겨도 좋아."

야마나카 씨가 떠난 다음 날 얼굴을 마주쳤을 때, 사모님은 그렇게 말했다.

그 말투나 눈빛으로 보아 정말 그렇게 생각하고 있다는 것을 알 수 있었다. 사모님의 마음에서 온기를 느낀 나는 조금 안심하고, 그 집에서 일하는 것에 대해서도 조금은 낙천적으로 생각하게 되었다.

나는 사모님이 딱히 악의가 있거나 인격적으로 뒤틀린 사람인 건 아니고, 인간미가 없어 보이는 것은 그냥 인상일 뿐 아주 생각이 없는 것은 아니라는 결론을 내렸다. 그저 지금 관심이 있는 것에만 눈길이 가는 것이다. 그 빛나는 집중력이 사모님의 매력이기도 하리라. 그렇게 생각하자 마음이 그나마 가벼워졌다.

정원을 손질하는 것도 무척 즐거운 일이었다. 왜 재활

프로그램에 정원 꾸미는 활동이 들어가 있는지 족히 이해할 수 있었다. 일을 시작할 때는 잡초가 제멋대로 자라 있고 나무들은 말라비틀어져 썰렁하고 초라해 보이던 정원이, 잡초를 뽑고 매일 물과 비료를 주고 뒤엉킨 마른 가지를 손이 닿는 만큼 쳐 주고 너저분한 곳을 물로 씻어 냈더니, 하루가 다르게 초록색이 선명해지고 싱그러워졌다.

그리고 점차 정원 전체가 차분한 모습으로 나를 맞아 주게 되었다.

그 정원에 발을 디디면 나는 힘이 왕성한 장소에 서 있는 듯한 기분이 들었다. 자신의 중심이 똑바로 곧추서는 듯한 안정감을 느꼈다. 어느 틈엔가 새싹이 돋아나고 꽃망울이 맺힌 것을 보면 얼굴에 절로 웃음이 피었고, 그런 나날의 변화가 과장스러울 만큼 감수성을 자극한다는 것도 알았다. 넝쿨은 벽을 따라 꾸물꾸물 기어올라 가고, 꼼꼼하게 손질한 구근은 풍요로운 흙속에서 잠들었다. 불과 한 달 만에 정원 전체에 그런 극적인 변화가 찾아왔다.

더불어 나 역시 이렇게 생각하게 되었다.

내가 보살피고 있는 것이 아니라, 오히려 내가 힘을 얻고 있는 것이다.

내가 그 집에 도착할 쯤이면 사모님은 재빨리 방에서 나와 전화를 몇 통 걸고, 나와 정원과 동물을 힐끔 보고는 헐레벌떡 나간다. 늘 애인인 듯한 비서가 데리러 오는 탓인지, 산부인과에 정기검진을 받으러 갈 때나 일터에 나갈 때나 아침 시간의 사모님은 빛날 듯 아름답고 한시 빨리 집을 나서고 싶어 안달하는 듯 보였다. 거울 앞에 서서 몇 번이나 자신을 점검하고 서둘러 나가는 모습은 얼핏 보아도 매일 바쁘고 활기찼다.

하지만 모든 게 그렇듯 보람차게 일하는 사모님 소유인데도, 그 집 안에서 그녀가 놓치고 있는 것들의 방대함에 나는 그만 경악하고 말았다. 이는 사모님만의 문제가 아니라, 나 역시 살아가면서 상상도 할 수 없을 만큼 많은 것들을 놓치고 있고, 그것이 바로 삶의 형태를 선택한다는 것을 깨달았다.

인간에게는, 집 안에 온갖 생명의 드라마가 징그러울 만큼 넘치고 온갖 것이 성가실 정도로 꿈틀거리며 무언가를 발하고 있다는 걸 미처 모르고서 살아갈 자유까지 있다.

처음에 나는 '지금 마음이 약해진 상태라서 버림받은 생물들과 자신을 동일시하면서 감정을 이입하는 것뿐이야.'라고 생각했다.

그런데 뭔가 다르다는 것을 차차 알게 되었다. 그들은 훨씬 굳건하게, 나 따위는 무시한 채 생명을 불태우고 있었다. 오히려 내 소소한 감정과 생명력을 감싸 안고서 보다 크게 전개되고 있었다.

그리고 나는 그들의 강인함을 깨우쳤다.

개와 고양이는 신나게 뛰어다니게 된 후로는 갇혀 있던 시절을 까맣게 잊었고, 꽃망울이 터질 때의 힘은 거의 폭력적이기까지 했다. 뻗어 나가는 넝쿨의 힘과, 벌레가 낄 때의 그 집요함, 개와 고양이가 우적우적 밥을 씹어 삼키는 힘, 그런 것들에 나는 압도되었다.

매일매일 무엇을 보고 무엇은 보지 않고 지나칠지는 취향의 문제다. 좋고 나쁜 것은 없고 어느 쪽이 보다 낫다는 것도 없었다.

하지만 내가 매일 그들에게서 얻는 것들의 방대함을 생각하면 이러면서 돈까지 받는 것이 미안할 정도였다. 살아 있는 것들은 모두 이렇게 큰 힘을 발산한다. 그들은 사람이 보살펴 주기만 기다리는 나약한 존재가 아니었다.

그것만으로도 나는 무언가를 배우고, 그들 덕분에 치유되는 느낌이었다.

월요일이면 간혹 집 안 분위기가 다르다는 것을, 관찰이 주특기인 나도 뒤늦게야 알았다.

그 정도로 미묘한 차이였다.

여봐란 듯이 달라진 것이 아니라, 어디까지나 자연스럽고 정성스럽게 아주 조금씩 채워지고 있어 미처 몰랐던 것이다. 마치 내 일을 방해하지 않으려는 듯, 누군가가 몰래 뒷마무리를 하는 분위기였다.

월요일에는 개와 고양이가 유난히 털이 반짝거리고, 노곤한 듯이 잠만 자고, 나를 맞을 때의 정열도 다른 요일과 달리 조금 의례적이었다. 식물도 벌레가 끼여 있지 않고 마른 가지와 잎이 말끔하게 정리돼 있어 깔끔한 느낌이었다.

내가 오기 전에도 모든 것이 잘 돌아갈 때는 아마 이랬겠지, 하고 나는 짐작했다. 그리고 또 이내 알 수 있었다. 이것은 오녀가 일요일에만 하는 일이고, 그는 동물과 식물을 좋아하는 것이리라고. 시간만 허락되면 끝없이 매만지고 예뻐할 정도로 넘치는 애정을 지니고 있으리라.

요즘은 오녀도 사모님의 새 회사 일로 바빠서 거의 쉬지 못한다고 들었다. 정원 손질이 허술한 것도 그 때문이라고 생각했다. 그러다가 겨우 시간이 생겨, 조금씩이나마 동물과 식물을 보살필 수 있게 된 것이라고, 내 멋대로 그렇게 생각했다.

이 집에서 나 아닌 사람이 살아 있는 것들을 사랑한다는 것을 알게 되어 기뻤다. 그 집의 고요 속에 있다 보면,

개와 고양이와 식물들을 다 더해도 왠지 소중한 무언가가 사라지는 듯한 기분이 들었던 탓에.

만나지는 못해도 나는 매주 월요일마다 오너와 편지를 주고받는 느낌이었다. 말이 없는 편지였다. 우리 사이에만 비밀의 지도가 있고, 관심 있는 생물을 바라보면 서로 같은 곳을 본다는 것을 확인한 느낌이 들어 곧잘 혼자서 후후 웃었다.

거실에 있는 놀리나 이파리 끝 마른 부분이 잘려 나가 전체의 삼분의 일 정도가 남아 있는 걸 보고, 나머지를 내가 손질했다. 그러자 다음 주에는 이파리 전체가 먼지를 떨어내고 깨끗해져 있었다. 개의 사료 옆 조그만 수납장에 숨겨 두었던 피부약도 올 때마다 조금씩 줄어 있었고, 때로는 병원에 다녀왔는지 채워져 있기도 했다. 정원 돌 밑에 콩벌레가 소름 끼치도록 많이 꼬여 있어 돌을 들었다 도로 놓았는데, 다음 주에 보니 돌이 다른 위치에 놓여 있고 흙도 편평하게 골라져 있었다. 벌집이 생겨 난감했는데 다음 주에는 제거되어 있었고, 선인장이 새끼를 너무 많이 쳐서 땅에 떨어지겠다 싶었는데 다음에 가 보면 새끼손가락만 한 어린 선인장이 다른 화분에 옮겨져 나란히 햇볕을 쪼이고 있었다. 그런 것을 볼 때마다 가슴이 살짝 따스해졌다. 그리고 그때마다, 어서 가게로 돌아가 오너의 힘이 되어야지, 하고 맹세하는 마음이 조금씩 더 강렬해졌다.

그럼에도 가게로 돌아오라는 얘기나 가정부가 언제 돌아온다는 구체적인 얘기 없이, 그저 시간만 담담하게 흘러갔다.

그런 어느 날의 일이었다.

내가 열쇠로 문을 열려 하는데 안에서 찰칵 하고 열리는 소리가 났다. '오늘은 사모님이 아직 집에 있나 보네.' 하고 생각하면서 나는 집 안으로 들어갔다.

그러자 원래는 아직 갇혀 있을 개가 뛰어나오고 고양이도 현관으로 걸어왔다. 그리고 그곳에, 내가 일했던 가게의 오너이자 그 집의 주인이 싱글거리며 서 있었다. 그는 일터에 있다가 두고 온 것이 있어서 돌아왔노라고 했다.

내가 그 가게에서 일하는 동기가 된 사람이고 가게에서 만난 적은 있어도, 단둘이 마주하기는 처음이었다.

나는 잔뜩 긴장하고 주눅이 들었지만, 그래도 얼른 관찰을 시작했다.

첫인상은 가게에서 만났을 때보다 젊어 보인다는 것. 잡지에서 처음 봤을 때처럼 그는 웃고 있었다. 소탈하게 알로하셔츠를 걸치고 집 안에 서 있으니, 그는 젊고 피부도 매끄럽고 눈빛도 부드러웠다. 군살도 별로 없고 엉덩이도 탄력이 있다. 삼십 대라고 해도 통하리라.

"수고가 많군요."

그가 말했다.

"처음 뵙네요. 신세 지고 있어요."

"가게에서 몇 번 보았죠? 미나카미 에이코 씨. 몸은 이제 괜찮은가요?"

오너는 낮은 목소리로 그렇게 분명하게 말했다. 내 이름을 정확하게 풀 네임으로 불러 주어 기뻤다.

"네, 이제 괜찮아요. 걱정을 끼쳐 드려 죄송합니다."

나는 방긋 웃으며 대답했다. 그리고 바로 지금이 건강한 모습을 보여 주고 점수를 딸 기회라는 양, 씩씩하게 집 안으로 들어가 정리를 시작했다.

그는 넌지시 나를 지켜보았다. 그리고 천천히 이 방 저 방을 오가면서 그 나름으로 방과 책과 자료를 정리하고 어디엔가 연락을 취했다. 간혹 눈이 마주치면 그는 씩 웃었다.

누군가가 그렇게 따뜻한 표정으로 웃음을 건네주기는 오랜만이었다. 그의 눈에는 마치 식물을 볼 때의 내 눈 같은 온화한 표정이 어려 있었다. 그냥 내버려 두어도 괜찮은 것을 자애로운 마음으로 지켜보는 눈이었다. 나는 그

눈길 속에서는 안심하고 행동할 수 있을 것 같았다.

한차례 일을 끝내고 소파에 앉은 오너가 불쑥 말했다.

"시츄 녀석을 병원에 데리고 가 줘서 고마워요. 피부병이 심한데도 꼼꼼하게 봐 주지 못해 영 마음에 걸렸는데, 큰 도움이 되었어요."

사모님이 그랬을지도 모른다는 가능성은 전혀 생각지 않는 표정이라 놀랐다. 아, 이 부부는 집 안에서 함께 무언가를 하는 걸 아예 포기한 거로구나, 하고 생각했다.

"네, 너무 가려워해서요. 나아서 다행이에요."

"고양이 녀석도 당신이 온 후로 명랑해졌고."

"동물을 다 녀석이라고 부르시네요."

"놀리나는 노리피라고 하지."

"그렇군요. 그럼 저도 놀리나는 그렇게 부를게요."

나는 웃었다.

거실에서 정원으로 나서는 길목에 이파리를 길게 늘어뜨린 놀리나가 있다. 요즘 오너와 나는 경쟁하듯 그 놀리나의 모양새를 가다듬고 있다. 피차 말하지 않아도 그렇다는 것을 알 수 있었기에 절로 웃음이 나왔다.

"고양이 녀석은 벌써 열한 살입니다. 성격이 까다로운 녀석인데 친해져서 다행이에요. 당신을 아주 잘 따르더군."

"나이가 그렇게나 많아요?"

나는 깜짝 놀랐다. 이빨 같은 것으로 보아 나이가 꽤 들었겠다 싶어 사모님에게 물어보았더니 "글쎄, 한 여섯 살쯤 되었으려나." 하고 대답했기 때문이다.

"이 고양이는 내가 독신 시절부터 키우는 거예요. 비 오는 날에 내가 사는 방 창문으로 뛰어들어 왔지. 푹 젖은 채 갑자기 이불 속으로 파고들었어."

"어머나."

"냄새가 지독해서 봤더니 꼬리 밑에 똥이 들러붙어 있었어. 앞발에는 상처가 있었고. 그게 곪아 터져서 내 침대 하얀 시트에 고름이 찍 묻었어. 헉! 했지. 그런데 이 녀석이 내 품에서 야옹거리면서 안심하고 잠이 든 거야. 이런 꼴로 얼마나 헤매고 다녔을까 싶어 가엾기도 하고, 그래서 꾹 참고 아침까지 같이 자고는 병원에 데리고 갔지. 일단 신고를 하고 온 동네에 포스터도 붙였는데, 주인은 나타나지 않았어. 아마 아주 먼 데서 터벅터벅 걸어온 거겠지. 그렇게 냄새가 지독한 것과 잔 적은 그때가 처음이었어. 난 거의 한숨도 못 잤지. 우연히 들어오기는 했지만 나를 잘 따라 주어서, 그대로 키운 거야."

"고양이 녀석에게는 천만다행이었네요."

그렇게 말하며 나는 웃었다. 그리고 사모님이 정말 이

렇게 늙은 고양이를 내다 팔려는 거라면 슬픈 일이라고 생각했다. 그 계획을 오너는 알고 있을까? 그렇다고 내가 그런 말을 할 수는 없어서, 일단 담담하게 청소나 계속하기로 했다.

오너와 점장은 가게를 내기 전 타히티에 있던 시절에 같은 가게에서 일한 사이라고 들은 적이 있다. 오너는 깊은 애정으로 가게 구석구석까지 신경을 쓰고, 화분의 나무 마른 잎 하나에도 마음을 쓰는 친절한 사람이었다고. "그 시절이 좋았지." 하고 점장은 말하곤 했다.

"참, 비파 말인데요, 아직 어린 나무라서 묻지도 않고 햇볕이 잘 드는 곳으로 옮겨 심었어요. 잘 자라면 제자리로 옮겨 심을게요. 지금 그 자리에서 너무 크게 자라면 안 되겠죠?"

"잘했어요. 충분히 자라면 그때 가서 옮겨 심으면 되니까. 나도 이대로 그냥 놔두면 말라죽겠다 싶었는데, 늘 늦은 밤에나 돌아와 매번 시간이 없다 보니까 내일 아침에 하자, 하고는 잠들어 버렸어."

"그럼 잘됐네요. 너무 약해 보여서요."

"그 나무, 비파를 먹은 후에 씨를 땅에 묻었더니 그렇게 자라난 거야. 얼마나 알이 굵고 맛있던지, 감사하는 마음에 헤어지기가 아쉬워 나도 모르게 씨를 묻었지."

오녀는 어린아이처럼 웃으면서 말했다.

"그래요? 그렇게도 자라는군요!"

나는 웃었다.

"혹시 저것도 비파 녀석이라고 하나요?"

"아니, 아직 이름은 없어."

오녀도 웃었다.

"시계꽃도 그랬지. 추석에 패션프루트를 받았는데, 혹시나 싶어서 뿌려 본 거야."

"아아, 저 남쪽 울타리에 빙빙 감겨 있는 넝쿨이 그건가요?"

"음, 꽃이 얼마나 많이 피는지, 정말 놀랐어. 꽃도 예쁘고, 튼튼하고, 잎은 차로 끓여 마시면 불면증에 좋다더군. 놀라울 정도로 쑥쑥 잘 자랐지. 그렇게 잘 자라니 왠지 기분이 좋더군."

오녀는 기쁜 듯이 그렇게 말했다.

나 역시 이 집에서 한 일에 보답을 받은 것 같아, 마음속으로 기뻐했다.

일이란 누가 평가해 주지 않아도 스스로 납득할 수 있으면 기분 좋은 것이지만, 언젠가 내가 떠나고 나면 식물이 모두 죽어 버리지 않을까, 오직 그 때문에 가슴이 아팠다. 그 마음을 알아차렸는지 그가 말했다.

"사실 나도 시간만 있으면 얼마든지 정원을 손질하고 동물도 돌봐 주고 싶어요. 한때는 그걸 업으로 삼을까 생각했을 정도고, 실제로 식물원에서 일한 적도 있고."

"다행이네요. ……그런데 저, 언제 가게로 돌아갈 수 있는 거죠? 이런 질문 자체가 실례인가요?"

"아니. 실례고 뭐고 할 건 없죠. 충분히 쉬게 하고 싶었는데, 돌아가고 싶다면 곧바로 조절해 보지. 아내는 아쉬워하겠지만, 어차피 가게로 돌아오게 할 생각이었으니까."

"그렇군요. 감사합니다. 전 이제 괜찮아요. 엄마 장례식도 그렇고, 몇 번이나 고향에 다녀오느라 피로가 쌓인 것뿐이니까요."

하지만 지금 이 상황에서 내가 떠나면 정원은 그렇다 치고 개와 고양이는 괜찮을까, 하는 생각이 뇌리를 스쳤다. 오너가 말했다.

"걱정 마요. 바쁜 일이 좀 정리되면 내가 잘 돌볼 테니까. 당신이 이 집 일을 그만두고 가게로 돌아간 후에도."

"안심이네요."

나는 안도하고, 오너는 껄껄 웃었다.

"당신, 생각하는 게 얼굴에 다 드러나거든."

"가게에서는 늘 무표정하다고들 하던데요."

"드러난대도, 다!"

그는 계속해서 웃었다.

"이상하네……. 사장님은 아시네요. 아마 동식물을 좋아해서겠죠."

나는 방긋 웃었다.

그런 대화가 오가는 동안 고양이는 오너의 무릎에 앉아 곤히 자고 있었다. 오너는 꼼짝도 하지 않고 고양이에게 편안한 잠을 선사했다. 그런 그의 모습을 보면서 나는, 저런 인내심은 누가 본다고 금방 발휘할 수 있는 게 아니지, 하고 생각했다.

*

모레아에서 머물렀던 조그만 방갈로 앞에는 하얀 모래 사장이 끝없이 펼쳐져 있어서, 수영복을 입고 나서면 바로 헤엄칠 수 있었다. 아침마다 다른 방갈로에 머무는 아이들이 떠들썩하게 수영하는 소리에 눈을 떴다.

일어나 창문을 열면 정원을 걸어 다니는 닭과 그 뒤를 졸졸 따라가는 병아리들의 낯익은 모습이 보이고, 그들을 노리고 정원을 어슬렁거리는 몇 마리 고양이들의 오줌 냄새가 코를 찔렀다.

그래도 시원한 아침 바람이 방 안을 휙 스치고 지나가면 이내 상쾌한 공기가 폐를 채웠다. 나는 우선 샤워를 하고, 냉장고에서 과일을 꺼내 씻고 커피를 끓였다. 그때쯤 되면 건너편 방갈로에 머무는 미국인 부부도 잠이 깨, 포치에 나와 날씨를 살피면서 비슷한 시간에 커피를 마신다. 우리는 웃으며 인사를 나누고, 날씨 얘기를 하고, 어떤 날에는 서로의 방갈로에 초대해 아침을 함께 먹기도 했다. 온화한 빛이 늘 사방에 충만했다.

한번은 아이들이 재잘거리는 소리가 들려 아침을 준비하다 말고 모래사장까지 걸어 나갔다.

어느 방갈로에서 한 아이가 손가락으로 가리키며 영어로 말했다.

"가오리다! 가오리가 있어!"

보니, 호텔 여자가 테라스 바로 앞에 있는 얕은 바닷가에서 가오리에게 먹이를 주고 있었다. 레스토랑에서 아침을 먹던 손님들도 모두 일어나 그 광경을 구경했다.

새하얀 모래 위로 파도가 찰랑거리는 물가에 가오리두 마리가 한들한들 헤엄치고 있었다.

호텔 여자의 검은 피부로 파도가 찰랑찰랑 밀려왔다. 가오리는 몇 번이나 멀리 사라졌다가는 다가와 생선 토막을 휙 낚아채 갔다. 갈매기가 날아온 것을 보자, 여자는 하늘을 향해서도 생선 토막을 던졌다. 갈매기는 잇달아 날아와 부리로 생선 토막을 덥석 물고는 다시 날아갔다. 햇살 속에서 헤엄치는 가오리의 그림자가 바닷속 모래 위에 어른거렸다. 마치 구름의 그림자처럼.

하루가 늘 이렇게 고요하고 아름다운 풍경으로 시작된다면 나쁜 생각이 절대 안 떠오를 거야, 하고 나는 절절하게 생각했다. 아직 잠이 덜 깨어 머리가 찌뿌듯한 탓도 있었겠지만, 진심으로 그렇게 생각했다.

이 섬의 사람들에게도 다툼이 있을 테고, 여러 가지 일로 옥신각신하기도 할 것이다. 그런데도 그런 착각이 들 만큼 완벽한 광경이 눈앞에 있었다.

검은 발, 하얀 가오리. 하늘 높이 울리는 갈매기 울음소리. 밀려왔다 밀려가는 투명한 물. 먼 하늘에는 붓으로 슬쩍 그린 듯한 하얀 구름이 엷게 퍼져 있고, 빛은 시시각각으로 강렬해졌다. 먹이 주는 여자는 예쁜 천으로 만든 치마를 끌어올려 미끈한 허벅지를 드러내 보이면서 물속으로 천천히 걸어 들어갔다. 이따금 눈이 부신 듯 손으로 햇살을 가리며 파란 하늘을 올려다보았다.

이제 나는 물가를 걸어 방갈로로 돌아가, 어제 사 온 빵과 통조림으로 참치 샌드위치를 만들리라. 완벽하게 예상할 수 있고 분명히 실천할 평범한 미래가 이토록 반갑다는 것이 신기했다.

참치와 마요네즈를 섞는 동안, 나는 고양이가 오줌을 갈겨 냄새가 풀풀 풍기는 샌들을 햇볕에 말리리라. 어제 내다 넌 빨래는 보송보송 말랐을 테니까 걷어서 갤 테고. 내일도 없고, 미래도 없고, 오늘만 있는 생활이었다.

그런 단순한 생활이야말로 내가 꿈꾸는 생활이었다.

때로 갖가지 추억이 찾아오고 사소한 놀람을 선사해 주는, 그런 생활을 좋아했다.

예를 들면 어느 오후, 나는 아직 반납하지 않은 렌터카를 타고 만을 보러 갔다.

그리고 경치를 바라보면서 느긋하게 이곳저곳을 돌아다녔다. 파레오 가게와 다른 호텔의 기념품 가게.

그리고 긴 언덕길을 올라 베르베데라는 전망대에 가서, 그곳에서 파는 맛있는 코코넛 아이스크림을 먹으면서 발리 하이 산을 마음껏 바라보았다. 짙은 초록의 풍성한 숲을 거느린 산이 장엄한 실루엣으로 바로 코앞에 우뚝 솟아 있었다. 그 언저리는 해변과 분위기가 전혀 달랐다. 마치 깊은 산속에 있는 듯한 착각이 들었다. 나는 이 섬의 자연이 얼마나 층이 두꺼운지를 새삼 깨닫고 놀랐다.

모레아에서 며칠을 지내며 햇볕에 까맣게 탔다.

매일 방갈로 앞 모래사장에서 잠시 물놀이를 한 것뿐인데, 하고 나는 생각했다. 흑진주 귀걸이와, 사긴 했지만 너무 알록달록해서 어울리지 않을 것 같던 화려한 파레오가 돋보일 피부색이었다.

추억에 묻혀 사는 것은 절대 좋아하지 않지만, 가끔 추억의 진가를 알 때가 있다.

전망대에서 내려와 조용한 만에 차를 세워 놓고 시원한 물을 마시며 경치를 바라보다가 나는 불현듯 어린 시절의 어느 오후를 떠올렸다. 추억이 제멋대로 수면 위로 쑤욱 고개를 내밀듯이 머릿속에 영상으로 되살아난 것이다.

옛날, 가족끼리 기슈 해변을 따라 달릴 때의 일이다. 그때 오후의 항구 마을을 몇 군데나 지나면서 그 밝고 고요한 분위기에 놀랐다. 물리적으로만 고요한 것이 아니라, 또 다른 시간이 겹쳐 있는 듯했다. 고대로부터 이어지는, 대지와 바다가 은닉하고 있는 웅대한 시간의 흐름……

쏟아지는 빛은 모든 풍경에 미묘한 그림자를 드리우고, 파도가 잔잔한 만은 오후 속에서 미끄러지듯 살랑살랑 움직였다. 짙은 초록색 물이 가득해서 금방에라도 넘쳐흐를 듯 보였다. 동그스름한 산을 빼곡 채운 풍성한 초록 역시 넘쳐흐를 듯 산을 뒤덮고 있었다. 그리고 짙은 파

란색 하늘이 반짝반짝 빛났다. 항구는 고요했다. 낡은 배와 어망이 콘크리트 제방에 선명한 그림자를 늘어뜨리고 있었다.

자신이 어느 시대, 어느 나라에 있는지도 모를 만큼 아득한 기분이었다. 차 속에는 낮게 음악이 흐르고, 에어컨은 딱 적당한 온도로 시원한 공기를 뿜어 냈다. 그리고 강렬한 햇살이 내 왼팔을 비추고 있었다. 솜털이 금색으로 빛나고, 피부가 하얗게 보였다.

앞에는 역시 그 고요한 경치에 감탄하며 말없이 운전하는 아빠가 있었고, 엄마는 햇살을 받으며 꾸벅꾸벅 기분 좋게 자고 있었다. 선글라스를 낀 아빠가 무척 젊어 보였다. 나는 둘의 나이마저 알 수 없었다. 학생 부부가 여행을 온 것 같기도 하고, 노부부처럼 보이기도 했다. 아빠는 운전을 아주 잘했다. 커브 길을 돌 때의 정확한 판단력과 부드럽게 브레이크를 밟는 모습이 무척 좋았다. 반복되는 그 리듬 속, 세 사람의 가슴속에도 똑같이 반짝이는 수면이 일렁였다.

모레아의 만은 기슈의 거친 풍경과는 전혀 달랐다. 그런데도 그 아담하고 웅대한 모습은 내 가슴속 물을 살며시 흔들었다. 추억이 반짝이며 끓어올라, 하마터면 눈물을 흘릴 뻔했다.

비록 역사는 짧아도, 살아온 길 위에는 무수한 추억이 있고, 추억 속에는 이제 만날 일 없는 아빠도 살아 있다. 그렇게 생각하자 기뻤다.

*

어느 날, 평소처럼 그 집에 갔더니 개가 보이지 않았다. 사모님이 허둥지둥 방에서 나오기에 물어보았다.

"미안해. 피부병에 걸린 개는 태어날 아기에게 좋지 않다고 해서 아는 애완견 센터에 맡겼어."

사모님은 그렇게 대답했다. 나는 어이가 없어 다시 물었다.

"어느 애완견 센터인데요?"

"그건 왜 묻는데?"

사모님의 눈에 살짝 심술궂은 빛이 어렸다.

"작별 인사라도 하려고요."

나는 침착하게 대답했지만, 너무도 갑작스러운 일에 화가 났다.

동물을 보살피라는 명분으로 나를 고용했으니 한마디 의논 정도는 할 수 있지 않나, 하고 생각했다. 머릿속으로는 언제 그만두겠다고 말하면 좋을지 생각했다. 하지만 타이밍을 잘못 맞추면 가게로 돌아가지 못할 우려도 있기에, 신중하게, 신중하게, 하고 속으로 중얼거렸다. 자기 암시가 순조로이 작용하면 나는 귀신보다 더 냉정해질 수 있다.

"괜찮아. 정말 믿을 수 있는 좋은 사람에게 맡겼으니까."

사모님은 싱긋 웃었다. 사모님에게는 이미 끝난 일이고, 그런 얘기도 가능하면 피하고 싶어 한다는 것이 느껴졌다.

"정성스럽게 보살펴 주었는데, 갑자기 이렇게 돼서 미안해. 하지만 난 나이도 많고 초산에다 일까지 하니까, 전부 챙기기는 힘들어. 태어날 아기가 가장 중요해."

물론 그렇겠죠, 좋아하는 남자의 아이라면, 하고 나는 속으로 뇌까렸다. 내 안에서 하루하루 좋아지고 있던 사모님에 대한 마음은 그때 돌이킬 수 없는 쪽으로 기울었다. 더는 안 되겠어, 이 사람과는 절대 안 맞아. 그렇게 생각했다.

지금까지 살아오면서 마음이 맞지 않는 사람과 일한 적도 수없이 많았으니까, 나는 자신을 그 모드로 완전히 전환시켰다. 하지만 개에 대한 뜨거운 마음은 억누를 수 없었다.

고양이는 관심 없다는 듯이, 또는 시시하다는 듯이 창가 소파에서 자고 있었다. 햇살에 닿아 빛나는 털이 애처로웠다. 바로 얼마 전까지 둘이서 장난치고 놀았었는데.

"고양이도 처분하실 건가요?"

나는 물었다.

"글쎄. 나이가 나이니만큼 고민되기는 하는데, 두고 봐서 좋은 사람이 나타나면. 내가 돌보기는 벅차고, 사람을 쓰면 돈도 드니까."

"그렇다면…… 저는 이 집에 더 이상 필요 없다는 얘기네요."

나는 분명하게 말했다.

"왜? 그런 뜻이 아니야. 청소도 그렇고 다른 할 일이 많잖아. 난 새 회사 때문에 바빠서 집안일까지 할 수 없어. 가능하면 한동안 있어 줬음 해. 당신이 일을 잘해 줘서, 되도록 이대로 여기서 일하면 좋겠다고 남편에게 말했거든. 가게보다 편하고, 한동안 더 요양할 수도 있으니까 좋잖아?"

"뭐라 대답할 수 없네요. 가게에도 일손이 부족할 텐데. 그리고 전 동물만 돌봐 주면 된다고 하셔서……."

"갑자기 그만두면 내가 곤란하지. 잘 부탁해!"

사모님은 상큼한 미소를 남기고 사라졌지만, 개가 없는 집 안에 남은 나는 속이 부글부글 끓는 것 같았다.

범죄라는 것을 알면서도 나는 도저히 자신을 통제할 수 없었다. 온 집 안의 서랍이란 서랍을 닥치는 대로 열어서 어떤 거래가 있었을 법한 애완견 센터의 전화번호를 찾았다. 책꽂이와 욕실까지 뒤졌다. 쓰레기통 안의 메모지를 전부 꺼내 펼쳐 보았고, 부부 침실의 협탁 서랍까지 열어 보았다. 그리고 전부 메모해서 관계가 있을 만한 곳에 일일이 전화를 걸었다.

열 번째로 전화를 건 애완견 센터에서 녀석을 찾았다. 판매를 위탁받아서 지금 목욕을 시키고 있노라 했다. 애완견 센터 주인과 사모님은 고등학교 동창이라고 했다. 그런 것까지 꼬치꼬치 캐묻고는, 나는 이제 뭘 어떻게 해야 할지 심각하게 생각했다.

가게는 오너 소유고, 사모님 것은 케이터링 회사뿐이다. 그러니 오너가 사모님 말에 넘어가지 않는다면 가게에 돌아갈 수는 있을 것이다.

나는 그때 자신이 어린아이처럼 유치하다는 것도, 엉뚱한 짓을 하고 있다는 것도 잘 알고 있었다. 사람의 집에는 각기 사정이 있고, 일단 현관 안으로 들어가면 뭘 어떻게 하든 자유라고 생각했다. 그곳에 일하러 오는 사람이 이러쿵저러쿵 논할 일이 아니다.

아마 가게에서 비슷한 일이 벌어졌다면 나는 참을 수 있을 것이다. 실제로 옛날에, 가게에서 장식물처럼 키우던 커다란 구관조가 시끄럽고 불결하다고 손님이 불평하자 점장이 자기 집으로 가져간 일이 있었다. 구관조를 귀여워했던 나는 물론 아쉬웠지만 이내 수긍했다.

지금 생각하면 그때부터 이미 내 마음에는 오래도록 가게를 보면서 키워진 오너에 대한 절대적인 신뢰와, 그 집에서의 처지에 대한 강한 동정, 그리고 동식물을 사랑하는 마음에 대한 존경 등이 한데 어우러진 어슴푸레한 사랑이 존재했던 같다. 내 안에 그 사랑이 뿌리내리고 있다는 걸 전혀 몰랐어도, 그것은 확고히 자라고 있었던 것이리라.

그날 일이 끝나자마자 나는 곧바로 차를 몰고 애완견 센터로 갔다. 세타가야 구에 있는 그곳은 규모가 크고 동물도 많은 데 비해 비교적 가족적인 분위기라서 조금 안심이 됐다. 역시 사모님은 아주 나쁜 사람은 아니야, 하고 생각했다.

녀석이 어디 있나 싶어 우리 안을 살펴보았지만 전부 어린 강아지들뿐이었다. 가게 사람에게 물어보니, 녀석은 아직 안쪽에 있다고 했다.

"제가 살게요."

나는 말했다. 지금 사는 곳은 애완동물을 키울 수 있는 집이 아니라서 곧 친척이나 친구들에게 부탁할 생각이었다. 아무튼 빨리 개를 안심시키고 싶었다. 자신이 억지를 부리고 있다는 것은 알지만, 목적을 달성하고 싶은 마음에 나는 소리 없이 행동했다.

녀석은 고작 5만 엔이었다. 나는 그 정도 값에 개를 팔 생각을 한 사모님을 도무지 이해할 수 없었다.

그리고 나는 어떤 가능성을 깨달았다.

사모님은 남편을 사랑하면서도 증오하고 있어서, 그를 아프게 하기 위해 일부러 개를 팔아넘긴 것이 아닐까? 그것은 뒤틀린 애정의 한 형태인지도 몰랐다.

세상 사람들이 나만큼 단순하지 않다는 것은 충분히 알고 있었다. 내게는 싫거나 좋거나 그 두 가지밖에 없고, 사람끼리의 일에 동물까지 끌어들이지는 않는다. 가난하면 조용히 살 것이고 돈이 있으면 또 그 나름대로 지내리라.

오너까지 포함해서 그 집에서 일어나고 있는 일은 다른 세계의 얘기였다. 나는 인간의 그 복잡한 뒤틀림에 우로당한 다른 생명에게 미안한 마음으로 녀석을 기다렸다.

하지만 녀석은 그런 것 따위 아무 상관없다는 양 "아, 역시 데리러 왔네, 왜 이렇게 늦었어!" 하듯 꼬리를 흔들고 오줌을 질질 싸면서 뛰어나와 내 무릎에 매달렸다.

나는 지갑에서 돈을 꺼내 1만 엔짜리 다섯 장과 소비세를 냈다. 서비스로 목줄을 받고 드디어 녀석을 데려갈 권리를 얻었다.

밖으로 나오니, 봄이 시작되는 따스한 공기 속에서 밤이 불쑥 내려오고 있었다. 차들은 라이트의 투명한 빛으로 빛나고 벚나무 가로수에는 오동통한 분홍색 꽃망울이 맺혀 있었다. 목줄 끝에서 녀석은 산책 때 늘 그러던 것처럼 수선을 피웠다.

봄바람이 얇은 코트를 뚫고 들어와 내 몸을 살며시 스쳤다.

그 집에서 일하는 건 확실한 절차를 거쳐서 그만두도록 하자, 더는 휘말리고 싶지 않으니까, 하고 생각하면서 나는 하늘을 올려다보았다. 밝은 초저녁 별이 하나, 둘 빛났다. 보름을 막 지난 달이 매니큐어를 칠한 손톱처럼 하얗고 엷게 빛났다.

녀석이 아무 일도 없었다는 양 평소 산책할 때처럼 신나 하는 것을 보고, 얼마나 불안함이 가셨는지 모른다.

목줄을 쭉쭉 잡아당기면서 처음 보는 거리를 신나게

걸었다. 내가 키울 수 있으면 좋을 텐데, 하고 나는 생각했다. 녀석과 날마다 이렇게 신나게 산책하고 싶었다. 달빛 아래를, 사람 많은 이 밤길을. 서로가 서로를 좋아한다는 안도감이 우리를 채우고 있었다. 말도 통하지 않는 동물인데, 그 들뜬 감정에 거짓이 없다는 것이 신기했다. 부숭부숭한 꼬리가 어둠 속에서 춤추고, 조그만 코는 킁킁거리며 사방의 냄새를 맡았다.

"밤에 같이 있기는 처음이네."

나는 그렇게 녀석에게 말을 건넸다.

녀석은 아무 말 없이 커다란 눈망울로 나를 올려다보았다.

나는 그 부근을 한 바퀴 돌고 오줌을 누인 후 차로 돌아갔다. 문을 열려고 하는데, 뒤에서 "어이!" 하고 누가 부르는 소리가 들렸다.

돌아보니 오너가, 지금 직장에서의 호칭으로는 주인어른이 애완견 이동장을 들고 뛰어오고 있었다. 나는 놀라서 녀석을 숨기려고 했다. 그런데 눈과 눈이 마주치는 순간, 오너가 모든 것을 알고 쫓아왔다는 것을 알았다. 그 눈은 '기다려!' 하고 애원하고 있었다. 네, 기다릴게요, 하고 생각하면서, 나는 그대로 차 옆에 서 있었다.

"고마워!"

그는 숨을 헐떡거리며 말했다.

"녀석을 이렇게까지 생각해 줘서, 정말 고마워."

"멋대로 이런 짓을 해서 죄송합니다."

나는 대답했다.

"아니야, 나도 데리러 온 거야."

"하지만…… 그 집에……."

나는 말을 꺼내려다 그만두었다. 사모님이 또 팔아 버릴지도 몰라요, 하고 말하기에는 아직 껄끄러웠다.

"여기다 녀석을 집어넣고, 잠시 차라도 마시지. 저기 스타벅스에서."

"들고 들어갈 수 없잖아요."

"여기 넣어 두면 바깥 자리는 괜찮을 거야."

오너는 이동장을 가리켰다.

"알겠어요."

나는 오너의 뒤를 따랐다. 바로 옆에 있는 스타벅스의 초록색을 향해서. 녀석은 오너의 등장에 더욱 신이 나서 껑충거리며 걸었다. 나는 뭘 어떤 순서로 처리해야 좋을지, 또 열심히 생각했다. 자신의 경솔함도 포함해서.

왠지 머리가 터질 것 같았다.

"녀석을 좀 보고 계세요, 마실 것 사 올게요. 뭐가 좋죠?"

바깥에서 빈자리를 찾은 후에 내가 말했다.

"아니야, 내가 사 오지. 뭐가 좋을까?"

"괜찮아요. 제가 사 올게요. 아직은 그 집에서 일하는 사람이니까요."

아직, 이라니 실수했다 싶었지만, 어차피 이제 그만두겠다고 말할 거니까 그냥 넘어가기로 했다. 그리고 녀석을 이동장에 넣는 것을 거들었다. 녀석은 불쌍할 정도로 순순히 가방 안에 들어가서, 안에서 고양이처럼 몸을 동글 말았다.

"그럼, 부탁할게. 카푸치노로."

오너가 1000엔짜리를 내밀었다.

"됐어요. 항상 신세를 지고 있는데, 가끔은 제가 사야죠."

그리고 가게 안으로 들어가 음료를 샀다.

쟁반을 들고 밖으로 나오니, 녀석에게 얼굴을 묻고 울고 있는 오너가 보였다.

다 큰 어른이, 그것도 남자가 남들의 이목을 아랑곳하지 않고 개에게 얼굴을 묻은 채, 어린 사내아이처럼 조그맣게 굳어 떨고 있었다.

나는 봐서는 안 될 것을 본 기분에 가까이 다가가지 않고 잠시 서 있었다. 가정부란 텔레비전 드라마에 나오는 것처럼 봐서는 안 될 일을 많이 보는 직업이라는 것을 멍청하게도 그때 처음 깨달았다. 그리고 또, 전문가가 아니면 그런 일 하나하나에 동요하게 되리란 것을 모른 채 가볍게 일을 받아들인 자신의 어리석음을 깨달았다. 나는 이미 후회하고 있었다. 야마나카 씨의 말에 담긴 속뜻을 그제야 비로소 이해했다. 그 사람이 한 말 역시 알고 있는 것의 아주 일부에 지나지 않을 수도 있었다.

잠시 후 오너는 고개를 들었다. 그리고 눈물을 닦고 녀석을 이동장에 넣고서, 아무 일도 없었다는 듯 다시 태연해졌다. 나는 쟁반을 들고 슬그머니 다가가 말했다.

"기다리는 손님들이 많아서 좀 늦었어요."

"달이 참 예쁘군."

"정말 그렇네요."

나는 미소를 머금었다.

"이 녀석 일, 정말 고마워."

"저도 녀석을 아주 좋아하니까요. 저야말로 한마디 의논도 없이 죄송합니다. 급한 마음에 그만……."

"나도 갑작스러웠어. 사무실에서 전화했더니 좋은 곳이 있어서 보냈다고 하기에 얼마나 놀랐는지. 화를 내면서 어디로 보냈는지 물어 쏜살같이 달려왔다. 바쁜 탓에 자주 집을 비웠더니 집안이 온통 아내 천하가 되어 버렸어. 나도 모르게 많은 일들이 진행되고 있더군. 아내를 대신해서 내가 사과할게. 당신은 가정부가 아니라 우리 가게의 플로어 매니저니까, 반드시 돌아갈 수 있도록 내가 책임지고 조치하겠어. 그러니 아내가 한 말은 잊어 줘."

"저……, 저는 둘째치고, 이 녀석도 그 집으로 돌아가야 하나요?"

나는 용기를 내어 물었다. 아까의 눈물, 잠드는 침대와 사용하는 칫솔을 보아 온 탓인지, 같은 정원을 공유하는 탓인지, 가치관이 그리 다르지 않은 탓인지, 오너에게는 말하기가 쉬웠다.

"당신이 키울 수 있어?"

"우리 집은 어차피 애완동물을 키울 수 없어요. 시골에 있는 친척이나, 얼마 전에 늙은 개를 잃은 친구에게 부탁해 보려고 해요."

"그럼 회사의 내 방에서 키우지. 가끔은 가게 뒤뜰에도 데리고 가겠지만. 지금 당장 바깥에서 키우기엔 가여우니까, 무슨 대책을 생각해 볼게. 아무튼 내 개니까 집에 있는 시간이 많지 않아도 내가 돌봐야 했는데. 당신이 와준 후로 그만 안심하고 내버려 둔 내가 잘못이야. 돈은 돌려 주겠어."

오너가 주머니에 손을 집어넣었다.

"아니요, 괜찮아요. 하고 싶어서 한 일이니까."

"하지만 나도 그러고 싶어."

그는 진지하게 말했다.

값을 말하자, 오너는 소비세까지 정확하게 따져서 건네 주었다. 나는 녀석과 또 헤어지는 게 조금은 아쉬웠지만, 어차피 내 손으로 키울 수는 없으니까 잘된 일이라고 생각했다. 다만, 오늘 집에 데리고 가면 이렇게 저렇게 해야지 생각했던 조금은 기쁘고 흥분된 기분이 갈 곳을 잃은 것은 분명했다.

그런 생각을 하는 동안, 나와 오너는 둘 다 침묵을 지켰다.

만약 그때, 오너가 속내를 은근히 내비치거나 조금이라도 투덜거렸다면 나는 그를 엄청 싫어하게 되었으리라. 그 점만은 확실했다.

하지만 그는 사무적인 얘기 말고는 전혀 하지 않았고, 그래서 나는 오히려 다행스럽게 생각했다.

오가는 사람들로 가게가 점점 붐볐다. 주문을 확인하는 커다란 목소리가 허공을 가로지르고, 바로 옆까지 밀려온 의자 때문에 옆 사람과 어깨가 맞닿을 지경이었다.

그런데도 나는 행복했다.

녀석이 어딘지도 모를 낯선 곳에서 나를 기다리지는

않을까, 하는 악몽을 꾸지 않아도 되니까.

아까 낮에는 그런 상상만 해도 끔찍해서 견딜 수가 없었다. 그 장면이 머리를 떠나지 않았다.

남의 개를 그렇게까지 생각하는 건 좀 이상한지도 모른다. 하지만 줄곧 정성을 다해 보살폈고, 온몸의 피부병과 함께 싸우며 친해진 개였다.

겨울날 오후 스토브 앞에서 꾸벅꾸벅 졸다가 문득 옆을 보면 내 몸에 기대고서 같이 졸면서 침을 흘리던 귀여운 친구였다.

"사장님, 저 정말 가게로 돌아가게 해 주세요."

나는 남은 아메리카노를 다 마신 김에 그렇게 말했다.

"사모님이 오늘 좀 더 가정부로 있어 달라 말씀했어요. 하지만 저는 이제 그 집에서 일할 마음이 없습니다."

"알아. 나도 그러기 힘들 정도니까. 왠지."

오너는 농담처럼 그렇게 말했지만, 둘 다 웃을 수 없었다. 게다가 서로 더 이상 말할 마음도 들을 마음도 없었기에, 또 한없는 침묵이 이어졌다. 녀석은 콜콜 잠이 들어 있었다.

그런데 그 침묵이 조금도 싫지 않았다. 공기 속에서 반짝반짝 빛나는 시간의 알갱이가 보이는 듯한, 맛있는 공기를 한껏 들이마셔 폐 안이 아름다운 것으로 차오르는 듯한, 그런 맛깔나고 풍요로운 침묵이었다.

"가게로 돌아가면 안 될까요?"

나는 다시 한번 물었다.

"아, 미안. 아직 대답을 안 했지. 물론, 지난번에도 아까도 말했지만, 아내가 한 말은 신경 쓰지 말아요. 그리고 가게로 돌아와요. 나도 부탁할게. 점장과 얘기할 때도 당신이 얼마나 우수한 일꾼인지 종종 화제에 오르곤 해요. 가게도 지금 여러 가지로 힘든 모양이니까. 아내에게는 아무 말 안 할 테니 안심해요."

"정식으로 사표를 쓰면 이제 그 집에 안 가도 될까요? 어린애처럼 군다는 것은 알지만, 돌봐 줄 동물이 없는데 더 있어 봐야 소용없다고 생각해요. 가능하면 하루라도 빨리 본업으로 돌아가고 싶습니다."

"그래요. 다 옳은 말이야, 가게 일을 본업으로 여겨 주어 자랑스러울 따름이군. 오늘 일은 아내에게 말하지 않겠어. 당신이 있어 주면 편하다는 것은 어디까지나 아내의 생각이니까, 갑자기 가게에 일손이 딸려서 필요하게 되었다고 둘러대지. 그 점에 대해서는 잘 얘기할 수 있으니까 안심해요. 아내가 새 회사 일에 열심이라 그쪽으로 돈이 많이 들고, 가게는 경영이 힘들어서 내가 생각하는 방향과 다르게 가고 있으니까, 머지않아 케이터링 회사에서는 손을 떼려고 해요. 어쩌면 가게도 처음부터 다시 조그맣게 시작할지도 모르고 당신은 그때까지도 남아 주었으면 하는 인재입니다."

"고맙습니다."

나는 진심으로 기뻤다.

"아무튼 이쪽 사정으로 그만두게 된 것이니, 이번 달치 아르바이트 대금은 지불하지요. 그 대신 갑자기 그만둔다고 하면 점장에게 별로 좋은 인상을 주지 않을 테고 좀 더 휴양이 필요할 테니까, 가게는 다음 달부터 나오도록 해요. 그 정도 시간이면 여러 가지 일을 해결할 수 있을 테니."

"알겠어요. 정말 감사합니다. 사장님의 뜻에 어긋나지 않게 열심히 할게요."

나는 말했다.

"한 가지만 더 부탁할 수 있을까요?"

오너는 잠시 말이 없다가, 결심한 듯 말했다.

"뭐죠?"

"당분간 고양이를 좀 맡아 주었으면 하는데."

"우리 집은 애완동물 금지예요."

"알면서 부탁하는 겁니다. 미안해요. 그 고양이는 많이 늙어서 환경이 바뀌면 가엾어요. 계속 키울 수 있다 해도 내가 아내를 설득하는 동안에는 호텔에 맡기는 수밖에 없으니까. 동물에게 자신을 키워 주던 사람이 자기 때문에 티격태격하는 모습을 보는 것만큼 괴로운 일은 없을 겁니다. 그런 일은 아무리 감춰도 전해지지요. 그러느니 차라리 당신이 맡아 주면 좋을 것 같아서."

"그러니까, 남에게 넘길 마음은 없다는 얘기죠?"

"십 년을 함께 지냈고, 가게를 운영해 나가는 데도 정신적으로 큰 도움을 주었던 동물들이니까, 내겐 은인이나 다름없어요. 그런 동물들을 어떻게 넘길 수 있겠어요. 그런 천벌 받을 일을 하면 내 운도 떠나 버릴 겁니다. 그리고 고양이 녀석에 대한 내 마음을 이해해 줄 수 있는 사람은 이 세상에 당신뿐일 거예요. 하지만 지금은 집안에 여러 가지 복잡한 문제가 있어서, 궤도가 완전히 수정될 때까지 한동안 시간이 필요합니다. 윗사람으로서의 부탁이라고 생각하지는 마요. 거절하기 어려울 테니까. 최악의 경우에는 회사의 내 방에서 키울 생각이니, 그리 오래 신세를 지지는 않을 겁니다. 고양이 녀석을 생각해 주는 사람이라 여기고 부탁하는 거예요. 내게는 그 고양이가 정말 소중합니다."

"알겠어요."

나는 말했다.

"집주인이 같은 고향 사람이라서 자주 얘기하고 오가는 편이니까, 사정을 잘 말하면 괜찮을 거예요. 제가 집을 비울 때는 호텔에 맡겨도 고양이 건강에 별 지장이 없겠죠."

"일주일 정도면 괜찮을 거예요."

오너가 고맙다는 듯이 웃었다.

"그 동물들은 당신만 따르니까."

"그건 사장님 말고는 그 집을 드나드는 사람들 아무도 동물에 관심이 없기 때문이에요."

지나친 말일까 생각했지만 그만 말해 버리고 말았다.

"그래서 더욱 내게 동물이 소중한 겁니다."

오너는 담담하게 말했다.

"이제 곧 아이가 태어나잖아요!"

나는 말했다.

"하지만 내가 만져 보게나 해 줄는지!"

오너는 빛나듯이 웃는 얼굴로 그렇게 말했다. 나도 덩달아 웃으면서 얘기는 끝이 났다. 그렇게 끝난 것이 오히려 '아, 서로 알고 있구나.' 하는 것을 인식하게 했다.

소외감으로 치면 녀석이나 오너나 별 차이가 없었다. 어디서부터 손을 대면 좋을지, 남의 일이지만 무척 힘들어 보였다. 상대를 잘못 만나면 점점 이상한 방향으로 굴러

가니까 도시에서는 사람을 조심하라고 할머니가 말했는데, 그 말이 옳았다. 하지만 나머지는 오너와 사모님 둘의 문제이기 때문에 내가 할 수 있는 말이 없었다.

오히려 이렇게 소탈한 인품으로 가게까지 내었으니 정말 인덕이 많은가 보다고 나는 감탄했다. 가령 내가 가게를 낸다면, 점장처럼 우수하고 연륜 있고 돈 계산도 빠른 사람이 과연 모든 것을 걸고 따라와 줄까, 하고 상상하니 그런 생각이 더 굳어졌다. 그러고 보면 나 말고도 십 년 이상 일하는 스태프가 몇 명 더 있었다. 모두 오너를 신뢰하고 좋아했다.

"고양이 때문에 연락할 일이 있을 것 같으니, 괜찮으면 휴대 전화 번호를 좀 알려 줘요."

오너가 그렇게 말해서 나는 휴대 전화 번호를 가르쳐 주었다.

오너는 나를 차 있는 데까지 데려다 주었다. 나는 이동장에 손을 집어넣어 몇 번이나 녀석의 머리를 쓰다듬었다. 언젠가는 만날 수 없게 되리란 걸 알았지만, 조금 갑작스러워서 약간 아쉽고 허전했다. 또 만날 수 있을 거야, 오너가 말했다. 나는 고개를 끄덕이며 웃었다. 녀석이 불행하지만 않으면 돼요, 하면서.

이른 봄, 꽃향기를 머금은 싸늘한 바람이 살며시 차 안으로 불어 들었다.

"곧 봄이로군."

오녀는 그렇게 말하며 문을 닫아 주었다.

나는 손을 살짝 흔들고, 버려진 개를 주운 가출 소년 같은 그 모습과 헤어졌다.

                           *

방갈로에서 내 손으로 밥을 지어 먹으며 지낼 때는 모든 것이 편안했다. 어떤 꼴로 뒹굴고 있어도 상관없었고, 친구 비슷한 사람도 생겼다. 하지만 보라보라로 옮기고 나서는 호텔이 너무 고급스러운 탓에 주위에 부자나 나이 지긋한 사람들, 혹은 신혼부부밖에 없었다.

그래도 참 좋은 곳이네, 하고 나는 생각했다.

혼자라서 따분한 대신 나는 아름다운 인테리어를 마음껏 즐길 수 있었다. 햇볕이 환하게 쏟아지는 실내는 모두 나무로 되어 있었다. 욕조까지 나무들이 둘러싸고 있어 분위기가 은은했다. 넓고 투명한 유리 바닥 아래로 예쁜 물고기들을 물끄러미 바라보았고, 때로는 방에서 바로 이어지는 사다리를 타고 바다로 들어가 첨벙첨벙 헤엄을

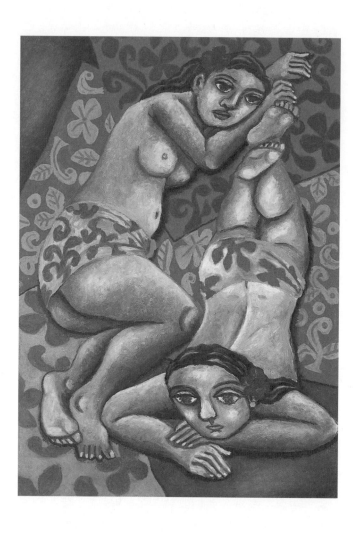

쳤다.

그 호텔에서 지내는 마지막 밤, 나는 수영장 옆에 있는 바에서 지는 해를 바라보고 있었다.

라구나리움에서 느낀 감동이 채 가시지 않아 방으로 곧장 돌아가고 싶지 않았다. 그래서 한잔하고 가려고 생각한 것이다.

바에는 거대한 유목이 여기저기 장식되어 있었다. 둥글둥글 기묘하게 구부러진 모습에서 유목들의 긴 여행을 느꼈다. 테라스 자리에 앉자 눈앞에 우뚝 솟은 오테마누 산이 보이고, 깎아지른 절벽이 장엄한 실루엣을 그리고 있었다. 바다는 신비로운 붉은색으로 물들고, 놀다 지쳐 돌아오는 사람들이 도란도란 애기하면서 모래사장을 걷는 모습이 보였다.

나는 수영복 위에 파레오를 걸치고 마이타이를 마셨다. 나이가 그렇게 어리지는 않은 나는 그럭저럭 그 장소에 녹아들 수 있었고, 가게나 호텔 사람들과 인사 정도는 나눌 만큼 얼굴을 아는 터라 앉아 있기 거북하지는 않았지만, 나 같은 사람은 아무도 없었다.

그래도 이 호텔에 있으면 대형 여객선을 타고 그저 그 안에서 어슬렁거리는 듯한 느낌에, 원래 말수가 적어 말을 안 하고도 얼마든지 견딜 수 있는 나는 혼자 있어도 어색하지 않았다.

내 여행이 끝나가고 있다는 것만이 조금 슬펐다.

이제 모든 것이 변하고 말았으니까, 가게로 돌아가더라도 전처럼 즐겁게 일할 수 없을지도 모른다는 생각을 할 때마다, 아름다운 풍경과 바람 속에서 마음은 정처 없이 헤매이고 만다.

가게에는 물론 돌아가겠지만, 나는 앞으로도 오녀와 관련된 삶을 살고 싶었고, 그 복잡한 사정에서 오녀가 탈출할 수 있도록 돕고 싶었다.

하지만 그 길은 내가 지금까지 살아온 길과 전혀 맞지 않았다. 경험한 적 없는 일을 하는 것만큼 두려운 것도 없다.

게다가, 오녀는 두 번 다시 만날 일이 없을 거라고 말했다.

그 처절하고 단호한 표정과 빠르게 흐르는 시간의 속도가 몇 번이나 내 꿈에 나타났고, 그때마다 나는 뭐라 말할 수 없이 암울한 기분으로 잠에서 깨었다. 돌이킬 수 없는 일을 저지르고 말았다, 이제 다 틀렸다, 그런 생각이 들었다. 나는 오녀의 결심이 얼마나 깊은지 간과하고 있었다. 다시 돌아가 가게에서 마주친다 해도, 그 싸늘한 눈빛을 마주하면 나는 살아 있는 것조차 괴로워지리라. 그리고 가게에서 생기발랄하게 일할 자신마저 잃어버리리라.

가끔씩 문득, 내가 내뱉은 혹독한 말이 수도 없이 머릿속에 울렸다.

아름다운 경치가 슬픔과 답답함을 더욱 자극했다. 조금씩 밤이 내려와, 해변의 모래가 희붐하게 떠 있는 것처럼 환상적으로 보였다. 바를 밝히는 환한 불빛에 음료수의 예쁜 색깔이 한층 돋보였다.

이 조그만 섬에 찝찔한 소금 냄새 나는 바람이 불기 시작하면 밤은 그 힘을 더해 모든 것을 삼키기 시작한다. 두렵고 달콤해서 맞설 수 없는, 죽음에 가까운 깊이가 바다 쪽에서 다가와 침묵과 함께 세계를 채우기 시작한다.

나는 그만 생각을 접었다. 몸이 싸늘하게 식었다. 이걸 다 마시면 방에 가서 욕조에 뜨거운 물을 받아 목욕하고, 옷을 갈아입고 머리를 묶은 후에, 다시 걸어서 레스토랑의 뷔페에 가야지. 마지막 밤이니까 디저트도 실컷 먹고 와인도 마시고. 그런 생각으로 머리를 채운다. 앞일은 생각해 봐야 소용없으니까 오늘 밤 일을 생각하자, 늘 그렇게 마무리했다.

그렇다. 이 섬에서는 심각한 기분마저 오래가지 못했

다. 어떤 생각에 깊이 골몰할 수 없었다. 이곳에서의 나날은 그날 하루만으로도 벅찼다. 햇살이 너무 뜨겁고 강렬하고 눈부셔서 생각이 멈춰 버린다. 밤이 너무 깊고 어둡고, 또 바람이 너무 세서도.

저녁나절, 바에 가거나 베란다에서 알코올 한 잔을 마실 때면 시간이 아주 길게 늘어난 것처럼 느껴지고, 한없이 오래 여기 머물 수 있으리라는 기분이 들었다.

차라리 이대로 도망쳐 버릴까, 보라보라에도 아직 보지 못한 곳이 남아 있으니까, 그만하자 싶을 때까지 여행을 계속해 볼까, 그리고 전혀 다른 새로운 인생의 입구를 찾아볼까. 그런 생각도 해 봤다. 그럴 수 있다면 얼마나 좋을까, 하고 꿈꾸기도 했다.

캄캄한 어둠을 껴안은 밤이 해변으로 툭 떨어진 후에도, 내 기분은 대개 계속 중립을 지켰다. 아주 밝지도 어둡지도 않고 지금밖에 존재하지 않는, 마음이 마비된 상태였다.

다만 지금 이 섬에 있고 바다가 보인다는 것만으로도 나는 언제든 어린 시절 해변의 추억을 떠올리며 즐거워할 수 있었고, 해변이나 바에서 신혼부부의 대화를 들으며 두 사람의 미래를 점치는 것만으로도 행복했다.

그날 밤, 나는 예정한 대로 느긋하게 목욕을 하며 라구나리움과 바에서 싸늘하게 식은 몸을 따끈하게 데운 뒤 옷을 갈아입었다.

그리고 길고 긴 해변 길을 걸어 레스토랑으로 가는 동안, 잠깐씩 걸음을 멈추고 바다를 바라볼 때에도, 생각은 한곳에 머물지 않고 자연의 흐름과 함께 이리저리 흔들렸다.

정말 대단하다, 이 초록과 꽃의 기운. 이런 생각이나 할 때가 아니라는 것은 알았지만, 마치 넋이 빠진 듯 그런 생각만 하고 있었다. 달빛 아래에서도 격렬하게 살아 있다. 바닷속에는 오싹 소름이 끼칠 만큼 무수한 생명들이 숨어 있고, 밤에도 살아 꿈틀거린다. 인간 따위는 그런 것들에 둘러싸여 복닥복닥하게 뭔가를 하고 있을 뿐이라는 생각이 들 정도로, 이 섬에서는 자연의 기운이 모든 것을 말해 주고 있다.

도쿄에는 이런 기운이 없어서 인간들이 엉뚱한 착각을 하고 정신이 뒤틀려 복잡해지는 것이다, 하고 나는 수긍했다. 어쩌면 나 역시 그런지도 모른다고.

그래도 불현듯 후회가 가슴을 조여 숨이 턱 막히고 눈앞이 아찔해지는 상태가 뜬금없이 찾아오는 것은 변함없었다. 그럴 때마다 나는 어쩔 바를 모르며, 그때 이러는

게 좋았을까, 그런 말을 하지 않았다면 어땠을까, 하고 거푸 맴도는 생각을 하다가 내던지곤 했다.

돌아갈 날짜가 다가올수록 그 사이클이 짧아졌다.

마지막 날 밤, 호텔 레스토랑에 도착하자 이제 많이 낯이 익은 게이 웨이터가 다가와 "일본인 부인이 혼자 와 있는데, 같은 테이블에 앉을래요?" 하고 물었다. 보니, 저 멀리 안쪽 테이블에 차림새가 반듯한 노부인이 앉아 있었다.

나는 긴 숄을 걸치고 있었지만, 에어컨을 세게 틀어 놓은 실내에서 그리 어색한 차림은 아니었다. 이 정도면 폐가 되지는 않겠지, 하고 판단한 나는 고개를 끄덕였다. 누군가와 얘기하면서 저녁을 먹는 것도 나쁘지는 않다.

웨이터가 합석을 권하러 가자 노부인은 고개를 들고 방긋 웃었다. 웃는 얼굴의 느낌이 좋아서 나는 기꺼이 그 자리에 앉기로 했다.

노부인은 다리가 좀 불편한지 지팡이를 짚고 있었다. 나는 뷔페 메뉴를 보고 와 뭐가 먹고 싶은지 물어서 챙겨다 주었다. 등을 꼿꼿하게 펴고 접시를 옮기려니 왠지 모르게 행복해진 나는 자신의 천직을 새삼 실감했다.

"혼자 왔어요?"

노부인이 산 샴페인을 함께 마시면서, 칠십 대 초반 정도에 이름은 가네야마 씨라는 그녀가 내게 물었다.

"네. 혼자 여행 중이에요."

"우아한 여행이네."

"아는 사람이 여기 정말 멋지다고 해서요. 여행 가면 반드시 이 호텔에 들러 물고기와 함께 헤엄치는 투어도 하고, 수상 방갈로에 묵으면서 정원을 산책해 보라더라고요. 혼자라서 눈에 띄니까 스태프들도 친절하게 대해 줘요."

나는 말했다.

"나도 요즘은 늘 혼자 왔더니, 아주 얼굴들을 다 익혔어. 앞서 간 남편이 여기 오픈할 때 일본인 스태프로 관여했었거든. 그래서 해마다 기일이 다가오면 혼자 여기 와서 묵곤 해. 일본에 있으면 괜히 울적하고 외로워지니까."

가네야마 씨는 그렇게 말했다.

"당시에 난 줄곧 타히티에 살았어. 그전에는 남편이 본 섬에 있는 다른 호텔과 일본을 오갔으니까, 거의 언제나 타히티에 있었던 셈이지."

"그럼, 모레아에 있는 레스토랑의 지점이 도쿄에 있다는 거 아세요? '무지개'라고 하는데."

"아무렴, 잘 알지! 거기 오너인 다카다 씨가 우리 집에 몇 번이나 놀러 왔었는걸."

뜻하지 않은 곳에서 오너의 이름을 들은 나는 깜짝 놀라고 말았다. 어떤 운명적인 것을 느끼고 소름이 돋았을 정도였다. 오너와 내가 서로에게 한없이 끌렸던 그 마음이, 가네야마 씨를 끌어당겨 나와 만나게 만든 건지도 모른다고, 정말 그렇게 생각했다.

"어머나, 그래요?"

"그 사람도 옛날에는 해변의 히피 같은 행색이었는데, 가게를 참 열심히 일궜어. 여기 있던 때는 줄곧 그 레스토랑에서 일했지."

"실은 저, 십 년 가까이 그 레스토랑에서 일하고 있어요."

나는 말했다.

"그래? 나도 남편이 살아 있던 때는 자주 갔었는데. 그러면 만난 적이 있을지도 모르겠네. 인연이란 참 신기해."

가네야마 씨는 미소를 머금었다. 아주 귀여운 미소였다. 프런트에서 일을 하고 손님을 맞기 위해 배를 타고 공항으로 가는 가네야마 씨 남편의 모습까지 상상할 수 있을 것 같았다.

"다카다 씨 밑에서 일하고 있다니, 정말 신기한 인연이네! 그 사람 정말 좋은 사람이야. 타히티를 얼마나 좋아하는지. 부모님 일 때문이라고 했던가, 아무튼 어렸을 때 타히티에 산 적이 있었는데 그 뒤로 내내 타히티에 가고 싶었다고 해. 타히티 말이랑 프랑스 말을 할 줄 알고, 타히티안 댄스도 출 줄 알고. 젊었을 때는 여기 사는 게 더 편하고 도쿄에는 마음 둘 데가 없다고 했었지. 아무튼 정말 착한 사람이야. 우리 아이들이 어렸을 때는 매일 와서 놀아 주곤 했거든. 같이 엉켜서 자기도 하고, 묵고 가기도 하고. 자기 부하한테 이런 얘기 했다고 하면 다카다 씨가 삐질지도 모르겠지만, 앞일을 계산할 줄 모르는 정말 순수한 사람이야. 보통 아침 10시부터 밤 11시까지 일하면 아이들하고 있는 힘을 다해 놀지는 못하잖아? 그런데 그런 거 잊어버리고 눈앞에 있는 일에만 모든 것을 다 쏟아부어. 내 크게 될 줄 알았지. 게다가 우리 집 개와 고양이와도 그렇게 잘 놀았다니까. 그때가 참 좋았어."

"어땠을지 충분히 상상이 돼요……."

"그 레스토랑도 실은 다른 일본 업체에서 제휴하자는 제안이 있었는데, 다카다 씨가 일을 너무 잘하니까 이 사람이라면 믿고 맡길 수 있겠다고 해서 그렇게 된 거야. 딱히 우리가 부탁한 것도 아니었는데."

"그랬다고 들었어요."

"그 사람 겉보기만큼 수완이 좋지는 않고 요령도 없어서 걱정했는데, 그렇게 성공했으니 얼마나 다행이야. 그래……. 아가씨가 그 가게 사람이구나."

"거기서 일하면서 타히티에 한 번도 안 가 봤다는 게 부끄러워서 이번에 처음으로 왔어요. 모레아와 여기밖에 구경하지 못했지만. 타히티를 더욱 좋아하게 됐어요."

"그래? 그럼 또 와요. 녹음이 풍성한 곳은 점점 좋아지는 법이니까. 나도 남편이 없는데도 아직까지 이렇게 찾아 오는걸."

"그러네요. 저도 다시 와서 여러 곳을 보고 싶어요."

"벌써 돌아가는 거야?"

"내일 여기를 출발해서, 본섬에서 하루 머물다 모레 이른 아침에 귀국해요."

"아유, 그럼 여행이 다 끝난 거나 다름없네. 우리 아들 부부도 올 거라서, 여기 좀 더 머문다면 소개해 줄 텐데."

"아쉽네요. 하지만 여기 와서 우연히 이렇게 뵙고 얘기 나눌 수 있었다는 것만 해도 저는 기뻐요."

가네야마 씨의 입에서 오너의 이름이 나온 뒤로, 더는 생각을 막을 수 없었다.

나는 이곳에 와서도 날마다 더욱더 오너를 좋아하게 되었다.

마치 첫사랑에 빠진 사람처럼, 달을 보아도 바다를 보아도 그 사람 생각이었다.

더불어 그 가게와 오너가 자랑스러워졌다.

이 섬이 그를 빚어냈다고 생각하면, 아무리 자잘한 일에도 몸이 저몄다. 파란 하늘, 투명한 물, 레몬색 상어…… 시간을 뛰어넘어 그가 보았던 것을 지금 나도 보고 있다고 생각하면 가슴이 아렸고, 내가 오너를 얼마나 좋아하고 또 사모님을 얼마나 질투했는지를 속속 알게 되었고, 자신의 어리석음과 더할 나위 없이 뻔하고 천박한 여자로서의 일면이 부끄러웠다.

나는 실현될 수 없는 조그만 꿈을 꾸었다. 언젠가 가네야마 씨와 나와 오너가 함께 이 섬에 올 수 있다면 얼마나 좋을까, 하고.

그러자, 눈물이 한 방울 뚝 떨어졌다.

가네야마 씨는 눈치채지 못했다. 그녀는 열심히 고기를 썰고 있었고, 내가 곧 "샐러드 좀 더 가져올게요." 하고 일어섰기 때문이다.

나는 사랑에 빠졌을 때의 결심을 믿지 않는다. 사랑을 하고 있을 때는 스스로를 잃어버리고, 무언가를 생각하는 힘도 사랑의 힘에 불과할 뿐 자신의 중심에서 나온 것이 아니기 때문이다.

그런데도 나는 결심했다. 몇 번이나 해 온 결심을 다시금 굳혔다.

이런 생각을 해 봐야 소용없다. 두 번 다시 오너를 만날 수 없다 해도 다시 가게로 돌아가 일할 것이라고. 내가 있을 곳은 거기밖에 없다고. 아무도 그 권리를 빼앗을 수 없고, 나 자신조차 그럴 수 없다고.

가네야마 씨는 늘 정원 쪽 방갈로를 예약하기 때문에 수상 방갈로에는 묵은 적이 없다고 해서, 보여 주고 싶은 마음에 내 방으로 차를 마시러 오라고 권했다.

"이 호텔에서 지내는 마지막 밤인데 괜찮겠어?"

"어차피 혼자인데요, 뭐. 저야 손님이 있는 게 더 좋죠. 전통차 가져온 게 있으니까 꼭 드시고 가세요."

그리고 둘이 산책 겸 밤길을 타박타박 걸었다. 배가 한껏 부르고 술기운도 조금씩 돌기 시작하고, 오랜만에 일본 사람과 있자니 마음이 나른해졌다.

가네야마 씨는 지팡이를 짚으면서 한 걸음 한 걸음 천천히 걸었다. 나는 그 걸음에 맞춰 나란히 걸었다.

할머니와 걷는 느낌에 엄마가 떠올라 서글퍼졌다. 엄마는 늘 기운이 펄펄해서 나보다 천천히 걷는 일은 절대 없었다. 가진 돈과 미모와 품위, 어느 면에서나 엄마는 가네야마 씨에 훨씬 못 미쳤다.

그런데도 물고기가 펄떡 뛰어오르는 소리에 놀라는 모

습하며, 조그만 핸드백을 팔목에 걸고 팔꿈치를 구부린 모습에서 왠지 모르게 엄마가 떠올랐다. 그리고 늘 반듯하고 새침하던 할머니도.

그래서 분하지는 않았다. 오히려 '그래, 세상에는 할머니가 참 많구나. 가게로 돌아가면 나이 든 손님들에게 엄마와 할머니를 대하듯 잘해 드려야겠어.' 하고 생각했다.

이런 때에 불쑥 나타나 인생에 빛을 선사해 주는 존재를, 나는 천사 같다고 생각한다. 잘 모르는 사람인데도 인연이 닿아 잠시지만 깊은 시간을 공유하게 되는 존재를 간혹 만난다. 그런 사람들은 그때의 삶에 관계된 어떤 힌트를 지니고 있다.

반드시 인간만은 아니다. 예를 들면 그 집의 개 녀석도 꼬리를 흔들며 늘 밝게 살아 있는 것만으로, 내 안에 뜨거운 마음과 거침없이 행동할 수 있는 용기를 되살려 주었다.

그때 녀석을 찾지 않았더라면 나는 평생 후회했으리라. 그때 내 인생은 무엇을 중요시하고 어느 쪽을 취해야 할지 큰 기로 앞에 있었고, 나는 녀석을 찾는 쪽을 택했다. 그럴 수 있었던 것은 지친 나를 대가 없이 위로해 준 녀석에게 인간에게 느끼는 것과 똑같은 고마움을 느꼈고, 또 그것을 갚고 싶었기 때문이었다.

라구나리움에서 손을 마주 잡았던 노부부도 그랬다. 그때 사람 손의 온기가 내게 어떤 깨달음을 준 덕분에, 나는 흐리멍덩한 상태에서 벗어나 도쿄로 돌아갈 수 있게 된 것이다.

레몬색 상어를 그저 멍하게 바라보기만 하는 것이 아니라, 또렷한 경외심을 품었고, 그 신비로운 색과 유선형 몸체를 내 두 눈에 각인할 수 있었다.

방으로 들어서자 가네야마 씨는 어머나, 바닥 밑으로 바다가 보이네, 하면서 어린아이처럼 조잘거렸다. 남편이 고소공포증이 있어서, 배를 탄 것도 아닌데 바다 위에서 자다니 무슨 소리냐며 절대 싫다고 고집을 부리는 탓에 수상 방갈로에서는 한 번도 묵은 적이 없었어, 하고 여러 에피소드를 섞어 가며 많은 얘기를 해 주었다. 바닥 밑의 바다를 바라보는 눈이 반짝거렸다.

여행지에서 사람은 곧잘 어린아이로 돌아간다.

육체적이거나 현실적인 피로가 아니라 여유 있게 피로해지면 독특한 감각이 싹튼다. 세계가 지금까지 생각했던 것과 전혀 다르게 보이는 것이다. 그렇게 되면 어린아이로 돌아가 새로 체험하는 수밖에 없다.

가끔은 나이가 다른 사람들이 서로 어린아이로 돌아간

모습으로 만나는 것도 좋으리라. 이런 외국에서의 밤, 한 방 안에서. 그리고 우리는 방 한가운데에 있는 두툼한 카 펫 아래로, 불빛에 환하게 떠오른 바다를 한없이 바라보 았다. 이따금 물고기가 지나갔다. 윙윙대는 바람이 방갈 로를 흔들었다.

물고기를 보고 이런저런 얘기를 나누면서 우리는 무척 즐거웠다. 그리고 굳이 말로 하지 않아도 우리 생명의 아 름다움을 족히 알고 있었다. 몸을 구부리고 유리에 댄 손 의 따스함과, 얼굴에 스치는 머리카락과, 지금 여기에 살 아 있다는 것의 달콤함을 알고 있었다.

그리고 나는 죽은 엄마와 할머니와 고향 바다에 감사 드렸다. 파도 소리가 커다랗게 울리고 바람은 울부짖듯 온 섬을 휘감고 지나갔다. 하지만 그런 소리에도 고향의 추억은 조금도 지워지지 않았고, 오히려 힘차고 싱그럽게 존재했다.

내 마음속 성당 같은 곳에서 그렇게 조용히 감사의 기 도를 올릴 때, 내가 자라난 세계는 늘 그곳에 변함없이 존 재하고 있었다. 나는 자신의 뿌리를 생각하고, 오래도록 장사 일을 해 온 그 사람들이 바다에서 얻은 힘 덕에 잃 지 않은 웃는 얼굴이 내 안에서도 단단히 뿌리내리는 것 을 느꼈다.

평생 가게에서 일하고 싶다, 하고 나는 강렬하게 생각했다. 가게에서 하루하루를 보내며 많은 사람을 만나고 지켜보고 싶다. 할머니와 엄마가 그랬던 것처럼. 그것이 부끄러워할 것 없는 내 인생이라고 느꼈다.

그 가게에서…… 하고 생각하자, 아직도 가슴이 아팠다.

나는 성가신 일을 싫어하고 사실은 정에 약한 자신을 적절히 다스리면서, 일에 몰두하는 것만을 삶의 버팀목으로 삼고 살아 왔다. 성가신 일이 생기면 마음을 꼭 닫고 안 보이는 척했다.

그날 밤, 범죄를 저지르는 심정으로 개 녀석을 데리러 갔을 때, 아니, 그 휑한 집에서도 매일 그저 열심히 살아가던 동물들을 보았을 때, 어린 시절에 봉인했던 무언가가 내 안에서 되살아나 나를 완전히 바꾸어 버리고 말았다.

어쩌면 그것은 식물이 부린 마법인지도 모른다.

내가 어떤 생각을 갖고 있고, 어떤 일을 하고 싶고 어떤 일은 하기 싫은지, 어떤 곳에 살고 싶고, 어떤 것을 꺼리는지……. 동식물들이 준 진정한 애정이 지금까지 깨닫지 못했던 그런 부분을 비추어, 내가 부모에게 무엇을 물려받은 어떤 인간인지를 확실하게 파악했던 것 같다.

그리고 새싹처럼 쏙 고개를 내민 새로운 나 자신은, 욕심 많고 한층 고집스럽고, 불쾌할 정도로 오기를 부리고,

미끌거리는 생물처럼 징글징글했다. 자신이 원하는 것을 억제하지 못하는, 지금까지와 전혀 다른 나의 모습이었다. 그리고 자연에서 퍼 올린 힘으로 대지에 뿌리를 내리고 끈질기게 살아가는 기묘한 힘을 지니고 있었다.

하지만 그런 새로운 자신에게 익숙하지 않은 나는 어떻게 하면 원만하게 맞출 수 있을지 잘 몰랐다.

"포트 사용법은 내 방과 같으니까, 차는 내가 끓일게. 전통차, 이 팩을 쓰면 되지?"

가네야마 씨는 마치 엄마처럼 자연스럽게 차를 끓이기 시작했다. 나는 머뭇거리며 물방울 무늬가 그려진 보드 아래 푹신한 소파에 동그마니 앉았다. 등을 꼿꼿하게 펴고 앉아 말없이 물이 끓기를 기다리는 가네야마 씨의 얼굴에 파란 바다색이 어른거렸다.

나무색으로 가득한 이 방이, 마치 흔들리는 배의 캐빈 같았다.

혼자이기를 마음껏 즐겨 보려 했던 여행이지만, 예기치 않게 타인과 함께 있게 된 것이 무척 기뻤다. 내가 아닌 사람이 끓이는 물의 수증기가 방을 채워 가는 따스한 느낌.

가게에서 쓰러져 병원으로 실려 갔을 때, 과로라는 진

단을 받고 링거주사를 맞고 집으로 돌아온 나는 전화를 걸 곳이 없다는 것에 무척 놀랐다.

친척에게 전화하자니 너무 갑작스럽고, 내가 유일하게 걸고 싶은 번호는 지금은 없는 옛날 집 거실에 있는 그 전화뿐이었다.

그 묘한 서글픔에, 내 방 전화를 보면서 '여기서 거기로 전화를 걸 수 있다면 좋을 텐데.' 하고 생각했더니 이내 울고 싶어졌다.

나는 그때, 도라에몽과 타임머신과 늘 함께 있어 주는 로봇⋯⋯. 그런 얘기들을 지어낸 사람들의 깊은 고독을 상상했다. 이제는 영원히 걸 수 없는 전화. 두 번 다시 들을 수 없는 그리운 목소리. 그 외로움을 해결해 줄 도구와 영원히 죽지 않고 함께 있어 주는 친구를 만들어 낼 수밖에 없는 인간의 보편적인 슬픔을 절실하게 느꼈다.

그때 내가 원했던 것은 휴가도 약도 아니었다. 나고 자란 해변의 낡은 집 현관 안쪽, 좁다란 거실에 늘 쓰레기처럼 놓여 있던 전화기뿐이었다. 해지고 먼지 냄새 나는 소파와 잡지, 정체 모를 박스들에 금방에라도 묻혀 버릴 것 같던 그 전화기로, 나는 어떻게든 전화를 걸고 싶었다.

그 전화기가 울리는 광경을 상상하자 아주 감미롭고 푸근한 느낌이 들었고, 어쩐지 그것만으로도 충분히 위로가 되었다.

만약 엄마가 그 전화를 받았다면 나는 또 퉁명스럽게 말했으리라.

"일하다 쓰러졌어. 과로래."

그리고 엄마는 이렇게 답하리라.

"그럼 일단 내려와. 얘기 들어 줄 테니까."

조금은 화난 목소리로.

여느 때 같은 흐물흐물한 옷을 입고, 큰 키 때문에 수화기를 덮을 듯 몸을 구부리고, 조금 짜랑짜랑한 목소리로 그렇게 말하리라.

그런 상상을 했더니, 지금의 시간으로 돌아오고 싶지 않을 정도로, 그저 달콤하고 정겨웠다.

많지는 않아도 진짜 친구가 몇 명 있었다. 내 고집과 어눌한 감정 표현까지 모두 헤아리고 갖가지 친절한 말을 해 주는 친구들이.

하지만 결국 친구로는 부족하다. 친구들은 말과 행동과 자세로 위로해 주지만, 그런 때에는 아무것도 묻지 않고 때로는 내게 무슨 일이 있었는지조차 알아차리지 못하는 가족이 있어야 한다. 서로의 몸 냄새와 일상의 리듬을 알고 있고, 피부로 서로를 이해하면서도 무심한……. 그런 사람들이 있는 공간에 몸을 담고 싶었다.

엄마는 내가 도쿄에서 취직하는 것에 반대했다. 그곳 사람들은 날씨와 지역이란 틀에 좌우되면서 평생 소박하게 일하는 사람들의 근간이 무엇인지 절대 모를 것이라면서.

나는 원래 '일도 잘하고 부모도 잘 돕는 것 보니 나쁜 아이는 아니지만 무슨 생각을 하는지 알 수 없는 무뚝뚝한 딸'이라 여겨져 그 틀 속에서는 사랑받지 못했으니까 굳이 끼어들 마음도 없고, 도쿄의 그 가게는 뚜렷한 동기가 있어 만들어졌고 오랜 세월을 버틸 좋은 가게니까, 하고서 반대를 물리치고 억지로 취직했다. 그런데도 결국은 '생각의 근간이 다른 사람' 문제에 부딪히게 되었다. 엄마 말이 옳았던 것이다. 나는 나 자신도 모르게 이상하게 변했고, 자칫 자신이 진정 소중하게 여기는 것이 무엇인지 잃어버릴 지경이었다.

가네야마 씨가 끓여 준 차는 진하고 쌉쌀하면서도 맛있었다. 둘이서 조용히 차를 마시면서, 나는 그 집의 전 가정부였던 야마나카 씨를 떠올렸다. '중년 여자가 끓여 주는 차는 왜 늘 이렇게 맛있는 걸까.' 하고 생각했다.

그리고 오너에 대해 몇 가지 물어보았다.

"다카다 씨는, 이 섬에 있을 때 결혼한 상태였나요?"

가네야마 씨는 조그만 의자에서 침대로 옮겨 앉아 다리를 쭉 뻗은 후, 잠시 생각하고서 대답했다.

"아니, 그때는 미혼이었어."

"그래요?"

"신혼여행 왔을 때 그 아리따운 아가씨를 한 번 만났었지. 그런데 왠지 둘이 잘 맞지 않는 것 같더라고. 티격태격 싸우기만 하고. 아직 헤어지지 않았나 모르겠네."

"괜찮아 보이던데요. 사모님이 새 일을 시작하셨어요. 일이 잘 풀려서 돈을 엄청 많이 버나 봐요."

"아, 알 만하네. 그런 인상이었어. 부인 쪽이 세상 물정에 더 밝아 보였지. 다카다 씨는 애당초 욕심이 없는 사람이라서, 그냥 이 섬에서 여기저기 가게 일이나 어부 일을 도우면서 살았어도 좋았을 것 같아. 그런데 그렇게 가게를 운영하게 되는 바람에 아마 이래저래 무리를 많이 했겠지. 부인이 세상일에 적극적인 사람이 아니었으면 힘들었을지도 몰라."

"그런가요……."

"부인 쪽에서 더 열렬하게 다가갔다고 들었는데, 하기야 두 사람 다 젊었으니까. 게다가 다카다 씨 외가가 꽤나 대단한 집안이라서 어머니에게 반발심을 느끼고 집을 뛰쳐나온 모양이었어. 그런 심리적인 갈등이나 뭐 여러 가지로 사연이 많지 않았을까 싶네. 그래도 그 어머니가 남긴 돈으로 땅을 사서 레스토랑을 지은 거겠지만. 부인 친정에서 투자를 했는지 아닌지는 얘기를 안 해서 자세히 모르겠지만, 그 부인이 언젠가 직접 일을 할 거란 느낌은 있었어. 뭐랄까, 야심이 있어 보였거든. 왠지 모르게."

나는 오너가 사모님을 선택한 이유를 그럭저럭 알 듯했다. 아마 그녀는 그의 어머니를 닮은 것이리라.

그것은 돈보다 훨씬 뿌리 깊은 문제다. 설령 지금 와서 모든 균열이 거대한 파탄으로 이어진다 해도, 거기에는 긴 역사가 있다. 그 무게를 생각하자 눈앞이 아득해지는 듯했다.

나는 슬픈 마음에 화제를 바꾸려, 혹시 점장을 아느냐고 가네야마 씨에게 물어보았다. 가네야마 씨는 점장의 젊은 시절도 잘 알고 있었다. 종종 밥을 지어 먹였다면서 웃었다. 점장이 이 섬 여자에게 열을 올렸다가 끝내 차인 얘기까지 나와서 나는 깔깔 웃고 말았다.

그런 얘기를 나누는 내내, 나는 잔을 들고 있는 가네야마 씨의 모습을 가만히 바라보았다.

햇볕에 타 까맣게 빛나는, 가늘지만 근육질의 팔이었다. 이 섬에 살았던 일본 사람들에게 확고한 청춘이 있었다는 것을 느꼈다. 그 팔이 청춘의 한 부분이었다는 것도. 밥을 지어 주고, 고민거리를 들어 주고, 타향에 사는 외로움을 함께 나누고.

그리고 이곳의 바다와 산과 휘몰아치는 바람이, 내가 사랑하는 그 가게를 만들어 냈다는 것도.

"가네야마 씨는 연애결혼을 하셨나요? 이 섬에서 만나셨어요?"

"많이 늦은 편이었지, 재혼이었으니까. 알기는 도쿄에서 알았어. 물론 연애였고. 나는 손님이었고 남편은 내가 자주 묵는 호텔 프런트에서 일했어."

가네야마 씨는 웃었다.

"난 할아버지 하면 죽고 못 사는 아이였거든. 내가 무척 좋아했던 외할아버지가 호텔 맨이었기 때문에 호텔 맨에 약해서, 그런 이유로 남편을 좋아하게 된 것도 있지. 지금도 이런 호텔에서 남자들이 분주하게 일하는 모습을 보면 가슴이 찡해져. 할아버지 생각도 나고, 죽은 우리 남편의 추억도 떠올라서."

도쿄의 조그만 방에서 들었다면 무겁고 울적하게 울렸을 고백이 이 바다 위에서는 평온하게 들렸다. 바람과 파도 소리가 얘기에 담긴 무게를 덜어 멀리 가져가 주는 듯했다.

"아주 젊었을 때, 아무것도 모르고 첫 결혼을 했어. 나는 세상 물정 하나 모르는 철부지였는데 상대는 돈도 많고 외모도 훤칠해서, 그런 사람이 나보고 좋다고 하니까 그냥 얼이 빠져 버린 거지. 그쪽 부모가 집까지 지어 주어서 얼마나 우쭐했나 몰라. 그런데 역시 외모가 잘난 게 탈이었지. 노는 걸 좋아해서 결혼한 지 얼마 안 돼서부터 집에도 잘 안 들어왔어."

가네야마 씨는 미소 지으며 말했다.

"우리 젊은 때는 그런 경우에 여자 쪽에서 뭐라고 트집 잡을 수 있는 시절이 아니었으니까, 혼자 집에서 꼼짝 않고 남편이 돌아오기만을 기다렸지. 우리 집은 그렇게 부자는 아니어도 땅을 갖고 있어서, 어머니 아버지는 물론이고 할머니 할아버지, 친척들까지 모두 한 동네에 사는 환경에서 나고 자랐거든. 그래서 정말 외로웠어.

하지만 너무 필사적이어서 자신이 외로워한다는 것조차 느끼지 못할 정도였지. 그러다 점점 살이 빠졌어. 설에 잠시 친정에 갔는데, 어머니가 좀 이상하다 싶었는지 꼬치꼬치 캐묻는 거야. 그래서 남편이 오래 집을 비우고 있다는 사실이 알려지고 말았지.

그래도 옛 시대의 결혼은 지금과 달리 골치 아픈 면이 있었으니까, 친정에서도 걱정만 하고 어떻게 손을 쓸 수 없었지. 나도 당시에는 남편이 가끔 집에 들어오면 뭐라고 말도 걸고 잠시라도 더 집에 있을 수 있게 애를 썼는데, 결국 다른 여자 집에 거의 눌러 살다시피 하게 돼서 이 년 넘게 과부나 다름없는 신세로 살았어."

"많이 힘드셨겠네요."

"그 시절에는 그런 일이 많았어."

가네야마 씨는 말했다. 옆얼굴을 보자, 젊고 세상 물정 모르고 나약하고 불안했던 시절의 그녀가 떠올랐다.

"아가씨는 아직 결혼 안 한 거야? 지금 몇 살인데?"

"네. 아직이에요. 지금 스물일곱이고요. 일이 너무 바빠서."

"나 같은 사람도 비록 늦었지만 좋은 사람과 결혼했으니까, 성급하게 굴 것 없어. 특히 요즘 같은 시대에는 선택할 수 있는 가능성이 많잖아. 이왕 이런 시대에 태어났으니 천천히 신중하게 선택하는 게 좋지."

엄마의 설교와 똑같다고 생각하면서 나는 "네." 하고 대답했다.

"좋아하는 사람이나 사귀는 사람은 있어?"

가네야마 씨가 물었다.

"그게 좀 어려워요."

어렵다, 하고 생각만 했는데도 눈물이 흐를 듯했다. 사랑은 어리석다. 이런 바다 한가운데에서 멀리 떨어져 있는 사람을 떠올리기만 해도 눈물을 머금는다. 뭐가 어떻게 잘못되었는지, 두 사람의 길은 서로 만나지 않는 길이었다. 나도 모르게 이상한 곳으로 흘러와, 애달픈 마음을 억누를 수 없다.

그런 말을 하고 말았으니, 내 입에서 나온 말이었으니, 이제는 돌이킬 수 없다. 하지만 지금이라면 아직 늦지 않았을 수도 있다. 그렇게 생각하자 더욱 마음이 흔들렸다.

그 사람은 지금 개 녀석과 함께 있을까. 아니면 사모님과 한 지붕 아래 있을까. 나를 생각이나 하고 있을까. 뜨겁고 고통스럽게 메는 가슴을 안고 허탈해할까.

같은 달빛 아래서, 이 거칠게 몰아치는 바람 소리 속에 있는 내게, 무언가 마음을 전하려 하고 있을까. 아마도 아직까지는.

마법처럼 애정이 가득한 그 손으로 식물을 돌보고 말을 걸면서 빙그레 웃고 있을까. 점장을 만나면 내 얘기를 하고 싶어질까.

방에 불도 켜지 않은 채 생각에 잠기고, 창문으로는 그때처럼 살랑거리는 봄바람이 불어 들까.

"그래……."

가네야마 씨는 말하고 싶지 않은 내 기분을 헤아렸는지 더는 묻지 않았다.

"가네야마 씨는 그 결혼을 어떻게 끝내셨어요? 전 남편
이 계속 돌아오지 않아서요?"

나는 끝내 궁금했던 것을 묻고 말았다. 여행지가 아니
었다면, 그리고 내 인격이 다소 바뀌지 않았다면 절대 하
지 않았을 질문이었다. 내 입에서 아주 자연스럽게 그런
말이 나와 깜짝 놀랐다.

이전의 나를 모르는 가네야마 씨는 시원스레 대답했다.

"내가 집을 나왔어."

그리고, 그때가 그리운 듯 말했다.

"정말 그러기를 잘했지. 스무 살 남짓한 때의 나로서는
놀라 자빠질 만큼 대담한 행동이었어. 지금이야 뻔뻔해져
서 대수롭지 않게 생각할 수 있지만, 당시의 나에게는 내
삶의 양식이 바뀔 만큼 굉장한 결단이었어."

그리고 가네야마 씨는 그때 얘기를 시작했다.

"우리 부모님은, 이제 이혼해도 되지 않겠느냐, 이쪽에
서 먼저 헤어지자는 얘기를 꺼낸다 해도 어쩔 수 없는 상
황 아니냐 하면서 애정 어린 말로 끈질기게 나를 설득했
지만, 난 그쪽 부모님에 대한 오기도 있었고, 또 어린 나
이에 처음 사랑하고 결혼한 정열도 남아 있어서, 내 힘으
로 남편을 변화시킬 수 있지 않을까 하고 애를 많이 썼어.
혼자 사는 거나 다름없는 생활에도 익숙해져서 그냥 이

대로 살아가자고 내 멋대로 결심했거든. 물론 젊었으니까 그럴 수 있었던 거지만.

그런데 어느 저녁 아무 예고 없이, 내가 그렇게 좋아하는 할아버지가, 아무리 오라고 해도 안 오던 우리 집에…… 나 혼자 있는 신혼집에 찾아오신 거야.

정말 갑작스러웠어. 벨이 울려서 엿보기 창으로 내다보았더니 할아버지가 서 있는 거야. 문을 열고 맞으면서도 얼마나 놀랐는지 몰라."

그런 얘기를 하는 가네야마 씨의 눈에는 눈물이 맺혀 있었다.

"할아버지는 나를 보자마자, 이제 충분히 고생했다, 넌 이런 데서 혼자 있어야 할 아이가 아니다, 집으로 가자, 내가 데리러 왔다, 하시는 거야.

나는 그럴 수는 없다 싶었지만, 일단 들어오시라고 했어.

그랬더니 할아버지는, 여기는 네 집이 아니니까 나는 들어갈 수 없다, 기다릴 테니까 어서 준비하고 나와라, 하면서 현관 마루 끝에 앉으시는 거야.

난 완고한 호텔 맨인 할아버지가, 늘 말쑥한 차림에 정중한 말투를 쓰면서도 누가 자기 생각에 맞지 않는 것을 권하면 상쾌하리만큼 등을 꼿꼿하게 펴고 단호하게 거부하는 모습을 몇 번이나 봐 왔거든. 그래서 이런 때에는 절대 자기 생각을 굽히지 않는다는 걸 알고 있었어. 할아버지는 말없이 마루 끝에 앉아서, 고개만 이쪽으로 향하고 나를 빤히 바라보고 있었어.

그냥 돌아가시라는 말은 할 수 없으니까, 나는 일단 들어와서 차라도 한잔하시라고 하고 할아버지를 현관에 남겨 놓은 채 흔들리는 마음으로 부엌으로 갔어. 친정보다 몇 배는 번듯하고 설비도 완벽한 그 집 부엌으로. 그리고 방금 전 여기서 그랬던 것처럼 그저 주전자만 쳐다보면서 물이 끓기를 기다렸지. 어떻게 하면 좋을까, 속으로는 몹시 동요하면서 말이야.

그럴 수밖에 없었지. 나는 친정에 돌아갈 생각이 전혀 없었고, 그 시점에서 내 집은 거기밖에 없었으니까. 옛날에는 시집갈 때 그런 결심을 하고 집을 나섰으니, 그 결심을 쉬이 포기할 수 없었던 거야.

그런데 그때, 모든 게 갑자기 변하는 순간이 찾아왔어.

물을 끓이면서 난감한 마음에 할아버지가 어쩌고 있나 싶어 문득 복도 끝 현관 쪽으로 고개를 돌렸는데, 코트도 벗지 않고 집 안으로 들어오지도 않은 채 꼼짝 않고 마루 끝에 앉아 있는 할아버지가 보이는 거야. 호텔에 출근할 때 늘 입는 검고 묵직한 단벌 캐시미어 코트였어.

할아버지는 현관 쪽을 보고 앉아 있었어. 그리고 할아

버지의 코트 자락은 현관에 놓여 있는 남편의 구두 위에 늘어져 있었지.

비참한 기분이 들지 않으려고, 마치 남편이 있는 것처럼 매일 반짝반짝 닦아서 가지런히 놓아 두던 구두 위에 말이야.

순간적으로 나는 할아버지가 더럽혀진 듯한 기분이 들었어. 그리고 깨달았지. 내가 오기로 이 집을 지키고 있을 뿐 남편은 돌아오지 않는다는 걸. 내가 지금, 할아버지의 코트 자락이 남편의 구두에 닿은 것을 아주 잠깐이지만 더럽게 여겼다는 것을. 물론 금방 그 느낌을 지우려 했다 해도, 그것이 내 진정한 마음이라는 것을 말이지.

결혼한 지 얼마 되지 않은 데다 상황이 그랬으니, 긴 세월 쌓아 온 할아버지와의 애정이 남편과의 애정에 지는 것은 당연했어. 하지만 난 정말 아무 주저 없이, 아무 미련 없이, 나를 지탱하고 있는 것은 남편에 대한 애정이 아니라 오기와 자존심이고, 내게 이런 멋진 집을 준 것에 대한 보답 때문에 이 집에 있다는 것을 그때야 깨달은 거야.

하지만 그것도 말을 뱉은 후에 뒤따라오는 논리이고, 아무튼 나는 할아버지의 코트 자락이 남편의 구두에 닿은 것을 보고 절개 있고 위대한 우리 할아버지가 더럽혀지는 게 싫다고 생각했어. 그뿐이었어. 그것만이 사실이었지.

아직 어렸던 나는 생각했어. 아, 내가 그렇게 좋아하는 할아버지가 나 때문에, 나를 데리러 여기까지 걸음을 해 주었다. 보나마나 가족 아무에게도 말하지 않고 '오늘 내가 직접 데리러 가는 도리밖에 없다.'라고 마음을 굳힌 거 겠지. 나는 알고 있었어. 만약 지금 내가 돌아가지 않겠노라고 하면, 할아버지는 내 결혼 생활에 영원히 참견하지 않으리란 것도.

이건 할아버지가 손녀에 대한 모든 애정을 걸고 내린 판단이고, 내가 할아버지의 소중한 코트 자락에 더러운 것이 닿은 걸 불쾌하게 느낀 것은 그 판단이 절대 틀리지 않다는 것을 믿는 증거라고.

난 바로 가스 불을 꺼 버렸어. 그리고 할아버지에게 잠시 기다리시라고 하고서, 최소한의 짐을 꾸려 그 집을 영원히 떠난 거야.

추운 겨울날이었어. 밖에는 싸락눈이 흩날리고 있었지. 할아버지는 저만치 앞서서 성큼성큼 걸어가고, 할아버지의 코트 자락은 차가운 바람에도 휘날리지 않을 만큼 묵직하고, 그 어깨에 조그만 눈송이가 하늘하늘 내려앉았지. 줄곧 호텔 프런트에 서서 많은 사람들의 여행을 도와주던 그 기품 있는 어깨선을 내가 얼마나 사랑하고 존경하는지 깨닫고는 가슴이 뜨거워졌어. 그 광경은 정말 듬직하고, 그리고 이상하게도 아름다웠어. 회색 세계 속에 할아버지의 코트만 까맣고 굳건하게 존재하고, 몰아치는 바람에 휘날리는 머리카락이 내 시야를 가려도 할아버지의 등과 버스가 다니는 저녁 길과 흩날리는 눈송이만은 또렷하게 보였지.

나는 무슨 수를 써서든 이혼해서, 이다음에 다시 결혼할 때는 할아버지의 저 등에 부끄럽지 않을 결혼을 하겠노라고 생각했어. 물론 갈등이 무척 많았어. 집까지 지어주었는데 괘씸하다, 어차피 곱게만 자란 애라 가족에게서 떠나지 못하는 것이라는 둥 온갖 말을 다 들었지. 하지만 마음을 굳혔기 때문에 난 전혀 흔들리지 않았어. 뭘 자랑스럽게 여기고, 뭘 소중하게 여겨야 하는지 내 안에서 이미 정해져 있었으니까."

인생이 바뀐 순간의 얘기야, 하고 가네야마 씨는 말했다.

"정말 공감이 가요. 좋은 얘기네요."

나는 솔직하게 말했다.

"왠지 이 호텔에 있으면 옛날 생각이 많이 나……. 미안하네. 이렇게 오래 있으면서 내일 떠나는 사람에게 내 얘기만 해서. 이제 그만 가 봐야겠어, 잠도 오고. 차 한잔했더니 몸이 따뜻해졌어."

"점장님 젊은 시절 얘기도 듣고 즐거웠어요. 괜찮으시면 이 차 가져가세요. 아직 며칠 더 계실 거죠?"

"그래, 이 섬에는 옛날부터 아는 사람도 많으니 앞으로 이 주일은 있을 거야. 그리고 아까도 말했지만 다음 주에 아들 부부가 오거든. 아들 부부가 오면 손자를 봐 줘야 하니까, 늘 혼자 느긋하게 추억에 잠기고 싶어서 한발 앞서 오곤 해."

가네야마 씨는 웃으며 말했다.

데려다 드리겠다며 밖으로 나섰더니, 데크 주변은 캄캄하고, 군데군데 켜져 있는 불빛만 나무 바닥을 비추고 있었다. 바람이 휭휭 불고 별이 무수히 반짝거렸다. 가네야마 씨가 묵고 있는 방갈로까지, 어둠 속에서 소리 없이 숨 쉬는 나무와 꽃과 산의 실루엣을 보면서 걸었다. 아무도 없는 길에서 많은 생명을 느낄 수 있었다. 물가에서 조용히 쉬는 물고기 떼, 성게 무더기, 다리 밑에 호젓하게 살아 있는 산호 무리. 우리 둘은 소리 죽여 얘기하면서 걸었다. 그 한 걸음 한 걸음이 귀중한 시간이었다. 나는 아까 가네야마 씨의 옛 추억담을 듣고 왠지 가슴이 후련해졌다는 것을 알았다. 청결한 물로 씻어 낸 듯한 기분이다.

가네야마 씨는 "늘 이곳에 묵고 있어. 낮에는 저쪽 산이 아름답게 보이거든." 하면서 산이 보이는 방향을 가리

켰지만, 지금은 오직 칠흑, 먹물 같은 어둠이 보일 뿐이었다. 그 방갈로의 현관에서 나는 가네야마 씨를 방갈로가 아니라 집까지 데려다 준 것 같다고 생각했다. 그곳에 부부의 추억이 가득 배어 있는 느낌이었다.

"조심해서 돌아가요. 바다로 떨어지면 안 되니까."

가네야마 씨는 웃었다. 악수를 하면서 나는 말했다.

"도쿄에 돌아가시면 우리 가게에 꼭 들러 주세요."

당당하게 그렇게 말한 자신이 자랑스러웠다. 그리고 별이 반짝이는 하늘 아래를 타박타박 걸어 내 방갈로로 돌아갔다.

*

오너의 전화를 받고 고양이 녀석을 데리러 간 것은 그집 일을 그만둔 지 일주일이 지나서였다.

그 사이 사모님은 한 번 전화를 걸어서, 그렇게 갑자기 그만두는 게 어디 있느냐고 화를 내었다. 그런 불손한 근무 태도를 남편에게 전해 가게 일을 못 하게 만들 생각도 있다는 말까지 했다. 개 녀석의 일은 들키지 않은 듯했지만, 나는 그냥 사과만 했다. 죄송합니다. 가게가 많이 바

쁜 듯한데 오래도록 그 가게에서 일한 사람으로서 뒷짐만 지고 있을 수는 없어서요. 이제 개도 없고, 새 가정부도 올 거라는 주인어른의 말씀을 점장을 통해 들었기에, 사모님도 아실 거라고만 여겼습니다. 인사 한마디 없이 죄송합니다……. 그렇게 대충 늘어놓았다.

사모님은 화가 많이 났지만 결국 납득하고는, 그럼 다음 가정부에게 인수인계는 하러 와 달라고 말했다. 야마나카 씨를 불러다 인수인계를 시킬 수는 없다는 것이었다. 그 정도야 간단한 일이라고 생각한 나는 "물론이죠. 그때 사표를 들고 가겠습니다. 그리고 이달치 급료도 받지 않겠습니다." 하고 자세를 낮춰 사과하고 또 사과했다. 그렇게 사과하는 한이 있어도 아무튼 그 집에는 다시 가게 되지 않기를 바랐다.

"정말 당분간이라도 더 일할 마음은 없는 거야?"

사모님은 세 번을 더 그렇게 물었다. 나는 "전 가게에서 일하는 걸 정말 좋아해요, 미안합니다." 하고 또 사과했다. 그녀의 말 속에서 '당신은 젊고 급료도 싸고 일도 잘하는데.' 하는 느낌이 전해졌다. 자신보다 나이 많은 베테랑 가정부보다 내가 더 대하기 편했던 것이리라. 게다가 집에서도 오래 일을 거들었던 만큼 젊은 사람치고는 집안일을 꼼꼼하게 하는 점도 마음에 들었으리라. 사모님에게는 남편 회사의 사원도 자신의 사원이나 다름없으니 마음대로 부려도 괜찮다고 생각했을 테고, 일단은 가게를 그만두었으니 두말하지 말고 새로운 일을 하라는 거겠지, 하고 나는 생각했다. 내가 뭐가 어떻게 싫어서 그 집 일을 그만두려 했는지, 사모님은 생각해 봐야 이해하지 못할 것이다. 나는 인간이 자기 사정 때문에 동물을 소홀히 대하는 것도, 사이가 뒤틀린 부부를 보는 것도, 사람 냄새가 안 나는 껍데기뿐인 집을 깨끗하게 청소하는 것도, 존경하는 오너의 아이가 아닌 아이를 돌보는 것도 너무나 싫었다.

아마도 이 일은 오너에게 나쁜 형태로 전달될 것이고, 사모님은 가정부까지는 아니어도 나를 다른 부서로 옮기라고 오너를 닦달하리라고 생각했다. 자칫 잘못하면 정말 케이터링 회사로 옮기게 될 수도 있다. 이런 사람의 자존심을 건드리면 반드시 일이 그렇게 된다는 것을 나는 알고 있었다.

그리고 오너는 나를 두둔하기 위해 두서없는 거짓말을 해야겠지……. 그렇게까지 하면서 직장에 관한 내 고집을 밀고 나가도 되는 걸까? 이런 생각에 나는 조금씩 기가 꺾이기 시작했다.

상사의 말 한마디에 알지도 못하는 부서로 발령 나는

것은 흔한 일이고, 그것이 직장 생활이라는 것을 나는 인정하고 있었다.

그 점에 대해서는 나도 냉정했다. 일터에서 몇 번이나 픽픽 쓰러졌으면서, 편한 부서로 가라는 제안도 거절하고, 게다가 더 편한 가정부 일까지 내던지고 원래 부서로 돌아가겠다고 고집을 피우는 사람……. 객관적으로 보면 지금의 나는 그랬다.

어쩌다 일이 그렇게 되었는지 나 자신도 알 수 없었다. 과로로 쓰러지고 나서부터 일상의 톱니바퀴가 조금씩 엇물리기 시작했다. 이럴 줄 알았다면 처음부터 휴가를 내서 실컷 쉬다가 다시 일자리로 돌아갈걸 그랬다. 엄마의 장례식과 친척과의 이런저런 일 때문에 몇 번이나 고향에 내려간 것도 피로가 쌓인 원인이었고, 잠을 못 자 절절매는 상태였는데도 오랜 세월 해 온 일이니 괜찮을 거라고 안이하게 생각한 것이 잘못이었다. 그러나 모두 늦었다. 마법에 걸린 양 발만 동동 구르다 지금 있는 곳에까지 오고 말았다고 나는 슬프게 생각했다.

나의 복귀에 관한 결정은 또다시 공중에 뜨고 말았다. 가정부로 받은 월급이 꽤 많아 생활에는 지장이 없었지만 언제 돌아갈 수 있을지가 문제였다. 점장은 좀 더 기다려 달라고만 했다. 적어도 한 달은 쉬어도 좋다고 했다. 만약 그동안 좀처럼 가게에 나타나지 않는 사모님이 무슨 모임이라도 있어 발길을 한다면 내가 없는 구실을 대기 위해 점장까지 거짓말을 해야 한다. 그것이 마음 아팠다. 역시 내 거취를 두고 오너와 사모님 사이에 의견 차가 있으리란 것이 쉬이 짐작이 갔다.

그렇게 좋아했던 일인데, 멀게만 보인다. 이제 그만두는 길밖에 없는 걸까 하고도 생각했다. 나는 오너와 사모님, 그리고 그 집을 생각하는 것만으로도 머리가 아프고 고통스러웠다.

그런 생각을 했더니 정말 낙담스러워서, 밖에도 잘 나가지 않고 친구도 만나지 않고 내 방에서 어영부영 지내는 날이 많아졌다.

계절은 봄이었고, 집 앞 벚나무에는 하루가 다르게 꽃망울이 맺혔다. 저녁나절 얇은 옷을 걸치고 밖에 나가면 녹음이 조금씩 짙어지고 하늘이 공기에 녹아들듯 부드러운 색으로 변하는 것을 알 수 있었다.

'이렇게 있는 건 안 되겠어. 내 생각을 정하기 위해서라도 타히티에 다녀오자. 그리고 열심히 일할 테니까 가게로 돌아갈 수 있게 해 달라고 점장이나 오너에게 다시 한번 부탁해야지.'

나는 조금 기운이 날 때마다 그렇게 생각했다. 돌아가

는 것만이 여전한 나의 꿈이었다.

레스토랑 동료들은 몇 번이나 전화를 걸었다. 돌아와. 돌아올 수 있도록 점장에게 부탁해 볼게. 쓰러져도 상관 없게 서포트할 테니까 마음껏 쓰러져도 돼. 저마다 한 마디씩 건네주는 친절한 말에 나는 가슴이 찡했다. 다음 달에는 돌아갈 수 있도록 노력할게, 하고 일일이 대답했지만 자세한 사정은 말하지 않았다.

그 대신 "몸도 이제 완전히 회복되었으니까, 기분 전환 하고 공부도 할 겸 타히티에 다녀오려고 해. 선물 사 들고 가게로 갈게." 하고 말했다. 적어도 그 말을 할 때는, 정말 그럴 수 있을지도 모른다고 긍정적으로 생각할 수 있었다.

나에 관해 오너와 사모님 사이에 어떤 말이 오갔는지는 알 길이 없으니 생각해 봐야 소용없었다. 다음 가정부에게 인수인계를 하고 나면 이제 결정을 기다리는 수밖에 없다. 새 가정부와 인수인계를 할 날짜가 정해졌고, 그 후이 주일 동안 휴가를 내는 것도 허락받았다.

그래서 나는 여행사에 가서 신청서를 작성하고, 돈을 지불하고, 여권을 새로 만들고, 타히티 여행 스케줄을 짰다. 티켓을 받아들고 조금 밝아진 기분으로 집에 돌아가려는 순간, 휴대 전화가 울렸다.

나는 시부야에 있는 여행사에서 막 나온 참이었다. 밤

이 시작되어 온 거리에 깔린 저녁 어둠에 빛이 엷게 빛나
는 아름다운 시간대였다.

"다카다입니다. 고양이 때문에 부탁하고 싶은 게 있어
서 전화했어요."

오너의 목소리가 귀에 울렸다.

왠지 애달프고 그리운 목소리였다.

"네, 괜찮아요. 지금 막 여행사에서 나왔어요. 모처럼
시간이 났으니 타히티에 다녀오려고요. 본점에도 가 볼
생각이에요. 고양이는 그동안 호텔에 맡길 텐데, 그래도
상관없다면 언제든 데리러 갈게요. 집주인에게는 벌써 얘
기해 놓았어요. 부모 없는 제 처지를 잘 봐준 건지 아파
트의 다른 사람들에게 보이면 곤란하니까 되도록 비밀로
하고, 만약 들키면 주인의 친척이라고 둘러대라는 말까지
해 주더라고요. 방을 뺄 때 고양이 냄새를 없애고, 벽지를
새로 바르고, 아무튼 원 상태로 돌려놓기만 하면 키워도
좋다고 허락해 주었어요. 그러니까 제가 책임지고 고양이
녀석을 돌볼게요."

"그래요, 그럼 바뀐 환경에 익숙해지기 위해서라도 빠
른 편이 좋겠군. 그리고 양육비는 지불하죠."

"무슨 말씀을요. 꼭 이혼하는 사람처럼 전화로 그런 애
기하지 마세요."

나는 그렇게 말하고 웃었다.

"많지는 않지만 모아 둔 돈이 있으니까, 전 괜찮아요. 기꺼이 키울게요."

"지금 바로 우리 집으로 올 수 있을까?"

오너가 물었다.

"자택으로 말인가요?"

나는 되물었다.

"사모님 안 계세요? 이런 말 해서 죄송하지만, 사모님 저 때문에 화가 많이 났을 테니까, 가능하면 얼굴을 마주하고 싶지 않아요. 인수인계 날에는 꼭 찾아뵐게요. 자택만 아니면 어디라도 갈게요."

"그렇군요……. 하지만 나도 지금 사무실이라 아내가 집에 있는지는 잘 모릅니다. 알겠어요. 그럼 내가 집에 들러서 고양이 녀석을 데리고 오죠. 좋아하는 장난감이나 화장실, 화장실 모래, 사료도 들고 와야 하니까, 차로 갔다가 당신 집 근처로 가지요. 그래도 괜찮나요?"

"그럼 저야 좋지요."

"집이 어디였더라? 가게 근처였던가요?"

"가게에서 세 번째 N역에서 가까워요."

"그럼, 그 역 앞에 있는 오픈 카페 같은 곳에서 만나면 어떨까요? 지금 집에 갔다가 준비해서 나오면 9시까지는 갈 수 있는데. 그 역 앞에서 늦게까지 하는 카페를 본 적 있으니까 괜찮을 겁니다. 비가 올 것 같으니 지붕이 있는 테라스 자리에 앉아 있어요."

"알겠어요."

나는 말했다.

"늘 동물이 함께라서, 데이트도 오픈 카페에서 하게 되는군."

전화기 저편에서 오너가 웃으며 농담을 했을 때, 나는 또 가슴이 찡해졌다.

전화를 끊은 후에 정말 비가 뿌리기 시작했다.

나는 약속한 시간에 우산을 쓰고 좍좍 내리는 빗속을 걸어 그 카페로 갔다. 고양이가 온다는 것도, 오너와 직접 얘기할 수 있다는 것도 기뻤다. 게다가 지금이야말로 일에 관해 다시 한번 나를 어필할 수 있는 마지막 기회였다. 좋고 나쁘고를 떠나 내게는 그러는 길밖에 없다고 생각하자 가슴이 쿵쿵 뛰었다.

비가 쏟아져 서늘해진 탓에 유리문을 닫고 난방을 틀어 놓은 테라스 자리는 따스했다. 발밑에서는 타일이 차갑게 빛나고, 유리창에는 주룩주룩 빗물이 흐르고, 그 너머로 밤 풍경이 환상적으로 번져 보였다.

오녀는 고양이 녀석을 담은 조그만 가방을 들고 십 분 늦게 도착했다. 얼굴은 웃고 있는데 코트 어깨가 푹 젖어 있고 전체적으로도 축축했다. 보나마나 자신은 우산을 쓰지 않고 고양이를 담은 가방에만 씌우고 왔으리라.

"많이 기다렸죠?"

그렇게 말하며 웃는 오녀의 모습은 처음 내가 잡지에서 봤을 때만큼이나 젊고 밝았다. 그의 내면에서 무언가가 변했다는 것을 느낄 수 있었다. 고양이의 거처가 정해진 것도 반가웠으리라, 하고 나는 기쁘게 생각했다.

나로서는 도저히 좋아할 수 없는 그 여자 때문에, 그 집 안에 갇혀 있는 또 다른 종류의 생물인 오녀가 걱정스러워서였다.

"녀석은 차에 두고 오려다가, 날도 추운데 불쌍해서 그만 데리고 왔어요."

"방이 좁아서 좋아할지 모르겠네요……"

나는 말했다.

"원래 길고양이였고 사람을 잘 따르니까 괜찮아요. 나도 여행 갈 때면 곧잘 남의 손에 맡겼는데, 아무 문제 없었어요."

"잘 키울게요. 천수를 누릴 때까지."

나는 말했다.

"걔 녀석은 잘 있나요?"

"지금은 가게 뒤에서 키우고 있어요. 모두들 번갈아 산책도 시키면서 즐겁게 지내고 있죠. 애완동물 미용사였던 사람이 있어서 털도 잘라 주었고."

"아, 야마오카 씨 말이군요. 맞아요, 애완동물 미용사 자격증이 있었죠?"

나는 그렇게 말했다. 그리운 동료의 이름이었다. 그리고, 말을 꺼냈다.

"사장님, 저 가게로 돌아갈 수 있을까요?"

내가 그렇게 묻자 오너는 배를 잡고 껄껄 웃었다.

"알고 있어요? 당신, 내 얼굴 볼 때마다 언제 어디서든 가게로 돌아가고 싶다는 말만 한다는 거. 걱정 마요, 알고 있으니까. 꼭 돌아가도록 해요."

오너는 단호하게 말했다.

"누가 뭐라든, 당신이 싫지만 않다면 내달 1일부터 돌아와 일할 수 있도록 조처를 취할게요. 평상시처럼 출근하면 됩니다. 점장에게 말해 두죠. 고양이 문제와 함께 연락하려고 지금까지 미뤘는데, 미안해요. 가게로서도 일하고 싶어 하는 사람이 일해 주는 게 고맙지요. 아무쪼록 앞으로 잘 부탁해요."

"감사합니다……. 타히티에서 돌아오면 곧바로 복귀하

겠어요."

나는 말했다. 기쁜 나머지 기절할 것 같았다.

"아니면 타히티에 가는 거 취소하고 바로 복귀하는 게 좋을까요?"

"아니에요, 꼭 다녀와요. 연수다! 하면서 비용을 듬뿍 대 주지 못해 자비로 간다는 것이 좀 안타깝지만, 가게를 위해서도 좋은 일이니까요. 그 대신 그 섬의 본점 오너에게 당신이 간다는 것을 일러 둘게요. 주방도 둘러보고, 맛있는 것도 얻어먹고 와요."

"네. 그럼 다녀올게요. 어차피 가기로 마음먹었던 거니까, 그렇게 해 주시면 좋죠."

"보라보라에서는 어디에 묵죠?"

"메리디언이요. 수상 방갈로에서 자 보고 싶어서 좀 무리를 했어요. 비교적 최근에 생긴 곳이라 시설도 최고라고 들어서, 한번 가 보고 싶어서요."

나는 말했다.

"물론 좋은 곳이지만, 거기에만 묵으면 타히티의 매력을 알 수 없을 것 같은데."

"괜찮아요. 여행 전반부는 싸구려 방갈로에서 지낼 거니까. 그것도 내 손으로 밥해 먹으면서요."

"그거 잘됐군요. 양쪽을 다 경험할 수 있으니. 만약 곤란한 일이 생기면 내게 연락해요. 현지에 아는 사람이 많으니까. 하기야 혼자 가는 게 아닐 테니 내가 뭐라 말할 입장은 아니지만, 그곳은 내 손바닥이니까."

오너가 그렇게 말했다. 실은 혼자서 가요, 하고 말하기가 껄끄러워 잠자코 있었다.

"패럿 피시 튀김과 참치가 듬뿍 든 샌드위치를 꼭 먹어 봐요. 우리 가게 음식 맛이 뒤떨어진다 싶으면 꼭 말하고. 하기야 경치가 좋으면 음식도 맛있게 느껴지긴 하지만요. 타히티 맥주도 여기서 마시면 맛이 영 달라요. 그리고 프랑스령이라서 빵도 아주 맛있어요. 그 빵 맛만큼은 도저히 흉내 낼 수가 없죠. 너무 맛있어서, 식사가 시작되기도 전에 빵만 잔뜩 먹기도 해요."

그러면서 오너는 흑진주를 싸게 파는 가게와 모레아에서 내가 묵을 방갈로 근처에 있는 맛있는 레스토랑과 아름다운 만이 있는 장소와 타히티안 댄스를 구경하기에 좋은 장소 등을 종이에 지도까지 그려 가면서 알려 주고, 베르베데르에서는 코코넛 아이스크림을 꼭 먹어 보라고 가르쳐 주었다. 그 진지한 표정을 보니 이 사람은 정말 타히티를 좋아하는구나 싶어 감탄스러웠다. 아낌없이 좋은 장소를 소개해 주고, 내 한정된 예산으로도 충분히 즐길 수 있도록 배려하고 있다는 것을 족히 알 수 있었다. 내가 타히티에 가는 것을 정말 기뻐하는 것 같았다. 내 일정으로 미처 다 돌아볼 수 없을 만큼 많은 정보가 순식간에 종이를 채웠다. 그는 자신의 수첩을 꺼내 전화번호와 주소까지 적어 주었다.

전에 한 동료가 타히티로 신혼여행을 떠났는데, 우리 가게의 본점에 갔더니 오너가 미리 연락을 해 둔 덕에 깜짝 놀랄 만큼 후한 대접을 받았다고 얘기했던 일이 떠올랐다. 특제 케이크가 나오고, 꽃다발까지 받고, 차로 호텔까지 데려다 주었다면서 감격스러워했던 일이.

그 동료는 본점에서 오너인 다카다 씨 얘기를 하면 모두 진심으로 행복한 미소를 지었다고, 정말 그 사람은 모두에게 사랑받는다는 것을 실감했노라고 말했다.

"그렇지, 메리디언 근처에 라구나리움이란 게 있으니까 투어를 신청해서 가 보는 것도 좋겠군. 바닷속 우리 안에서 상어와 거북과 함께 헤엄치는 프로그램인데, 꽤 감격스러워요. 살면서 그런 것들과 함께 헤엄치는 일이 있을 줄은 생각지도 못했으니까. 상어는 바닷속에서 목숨이 오락가락할 때나 볼 수 있을 거라고 줄곧 생각하고 있었는데, 그렇게 쉽게 진짜 상어를 보다니……. 아무리 자그마해도 얼마나 감격스럽던지. 정작 타히티에 살던 때는 가난해서 그런 시설이 있는지도 몰랐고, 그렇게 간단하게 상어와 헤엄칠 수 있으리라고는 상상도 못 했어요. 상어가 정말 무서워서, 무척 조그만데도 반사적으로 움찔할 정도였죠. 하지만 그 레몬색이 얼마나 예쁘던지."

"무슨 꿈 얘기를 하는 것처럼 실감이 안 나네요. 하지만 꼭 가서 볼게요."

나는 말했다.

그리고 또 침묵이 빗소리와 함께 내려왔다.

이제 더는 둘이 그 자리에 앉아 있을 이유가 없었다. 고양이 녀석도 오줌이 마려울지 모른다. 그런데도 그렇게 있고 싶었다. 오래도록 빗소리를 듣고 싶었다.

"데려다 주죠."

오너가 그렇게 말하고서 일어섰다.

좍좍 쏟아지는 비를 맞으며 걸어가 오너의 벤츠에 올라탔다. 개와 고양이 털이 날리는 차 안을 보니 흐뭇했다. 와이퍼가 아무리 빨리 움직여도 바깥 풍경이 보이지 않을 만큼 비가 세차게 뿌렸다.

오디오에서는 세상에서 가장 슬픈 음악이 흘러나왔다. 찢어질 듯한 보컬과 아름다운 기타 소리와 절망을 표현한 선율. 그것들 모두, 뿌연 차창에 물이 줄줄 흘러 무지개 색으로 보이는 바깥 풍경과 묘하게 잘 어울리면서 가슴을 죄었다.

"색다른 음악이네요."

"어떤 기타리스트가 정신 상태가 불안정할 때 도와주러 온 정령과 갖가지 얘기를 나누다 작곡한 음악이라는군요."

"이 목소리도 연주도, 난 왠지 무척 좋은데요."

"음, 나도. 마음이 착 가라앉죠. 특히 비 오는 날 차 안에서 듣는 걸 좋아해요."

오너의 옆얼굴은 아주 단정하고, 목소리의 울림은 마치 바닷속에서 듣는 것처럼 깊이가 있었다.

우리의 침묵이 음악에 녹아들어 차 안을 깊고 부드럽게 채웠다.

"고양이 녀석을 맡아 줘서, 정말 고마워요."

오너가 그러고는 이어서 말했다.

"실은 아주 오래전부터 당신을 좋아했어요. 처음 가게에서 본 날부터, 당신은 나의 태양이었죠."

내 인생에서 가장 놀란 적은, 엄마가 쓰러졌다는 소식을 들었을 때가 아니라 오히려 그때였을 것이다.

"아, 안 돼요."

나는 말했다.

"처지가 다르잖아요. 곤란해요."

"하지만 사실이에요."

오너는 말했다. 빗소리에 섞여 쿵쿵거리는 심장 소리가 점점 커졌다. 차는 어느새 내가 사는 곳 역 근처에 도착했다.

"집에 들어가지는 않을 테니까, 일단 집 앞까지 가지요. 짐도 많고, 고양이 녀석이 잠이 든 것 같으니까."

오너는 침착하게 말했다. 나는 "그럼, 저 길을 돌아서 바로 세워 주세요." 하고 말했다.

우리 집 앞 좁다란 보도에 차를 세우고 오너는 말했다.

"당신을 우리 집에 가정부로 부른 것도 실은 내가 원해서였어요. 그렇게라도 하지 않으면 아예 일을 그만둘 것 같아서. 그리고 조금이라도 가까이에 있고 싶고, 나란 존재를 알아줬으면 하는 속내도 있었죠. 그런데 일이 이렇게 성가시게 되고 그런 시기와 겹칠 줄은 전혀 예상치 못했습니다. 정말 미안해요. 다만 당신이 그 집에 와 있는 동안, 얼굴을 마주하지 않아도 나는 정말 행복했어요. 그 집으로 이사한 후로 가장 행복한 시간이었어요. 이제 자신의 마음을 말해도 좋은 상황이라고 생각하는데, 어떤가요?"

"좀 있으면 사모님이 아이를 낳잖아요."

나는 고개 숙이고 두 손을 꼭 맞잡고서 말했다.

"내 아이가 아닌걸요."

오너는 아무렇지 않게 말했다. 그러고서 말을 이었다.

"사람은 행복해질 권리가 있어요. 아닙니까? 인생을 헤쳐 나가는 건 몹시 힘겹고, 재미없는 일도 많은데, 눈부시고 아름다운 걸 볼 권리는 누구나 갖고 있지 않나요? 하물며 이렇게 복잡하게 엉킨 자신의 세계를 다시 한번 단순한 상태로 되돌리고 싶다고, 그런 생각도 하면 안 되나요?"

"모두 옳은 말이죠……. 그런데, 제 어디가 마음에 든 건가요?"

"뭐니 뭐니 해도 그 아담하고 이지적이고 근엄한 모습과, 일하는 방식, 그리고 살아 있는 것들에 대한 생각."

오너는 말했다.

"언제부터 그런 식으로 보았던 거죠?"

나는 물었다.

"처음 보았을 때부터, 마치 첫사랑에 빠진 것처럼 한눈에 반했어요. 이상적인 사람이라고 생각했죠. 일하는 모습도 그렇고, 점장에게서 들은 당신의 고집스럽고 착실한 성격도 모두 좋았어요. 오직 당신을 보려고 몇 번이나 가게에 갔는데, 당신은 너무 열심히 일하는 나머지 자리에 앉지 않으면 내가 왔다는 것조차 몰랐죠. 당신이 우리 집에 와서 일하는 동안, 사실 난 별거 중이라서 그 집에 살지도 않았지만, 마음은 온통 그 집에 가 있었어요."

"사모님도 알고 있나요?"

나는 물었다. 이제 와서야 이야기의 전모를 파악한 자신이 정말 둔하게 여겨졌다.

"아니, 그녀는 몰라요." 오너는 말했다. "아내를 헐뜯고 싶은 마음은 없습니다. 하지만 우리 자본으로 회사를 운영하고 있을 뿐, 그녀가 하고 싶어 하는 일은 나와 전혀 무관해요. 난 식물과 동물이 많은 곳에서 살고 싶어요. 아이도 좋아하지만 가능하면 내 아이를 키우고 싶고. 조그만 집이라도 상관없으니까 내 세계에서 살고 싶어요. 아내와, 일과, 사랑과, 그 사랑에서 생겨난 아이를 소중하게 여기면서 살아가고 싶은 거죠. 그것은 잘못된 바람이 아니에요. 그러니까, 케이터링 회사를 하면서 집에서 동물을 쫓아내는 사람과 나의 살아가는 길이 만나는 일은 이제 없을 겁니다."

거기까지 듣고서 머리에까지 피가 솟구친 나는 과감하게 말했다.

"이번에는 제가 말할게요. 지금 저는 사장님 밑에서 일하는 사람이 아니라 한 사람의 여자예요. 그러니까 솔직하게 말하죠. 미안한 말이지만, 이렇게 될 줄 알면서 사모님을 선택한 당신 잘못도 커요. 생각하는 게 너무 어렸어요. 그 사람은 내가 보기에 좀 이상해요. 하지만 서로가 바라보는 세계가 다르기 때문에 섞일 수 없을 뿐이지, 사모님은 사모님 나름으로 완벽해요. 그리고 그렇게 내면이 텅 빈 사람에게 빠졌다면, 그래서 결혼했다면 끝까지 함께해야지요. 그런 게 책임 아닌가요? 그리고 상대를 변화시키고 싶어 하는 것도 잘못이 아니라고 봐요. 사람에게는 그럴 권리도 있는 거예요. 하지만 나를 상대로, 내 힘을 빌려 그렇게 하려는 생각은 마세요. 나는 지금까지 단순하게 살기 위해 많은 애를 써 왔어요. 난, 부부 사이의 일에 휘말리고 싶지 않아요."

오녀는 입을 다물고 말았다.

아프고 숨 막히는 침묵이었다. 비는 하염없이 내리고, 나는…… 사실은 가슴 찡하리만큼 행복했다. 행복이 천천히 배어들었다. 이렇게 오래오래 차 안에 있고 싶었고, 보다 친근한 말을 건네고 싶었고, 방금 전까지의 행복했던 두 사람으로 돌아가고 싶었다. 사실은. 하지만 나는 거의 울먹이며 말을 이었다.

"여자는 여러 가지가 뒤섞인 욕망을 품고서 결혼을 해요. 사랑받고 싶은 마음, 경제적인 것, 앞으로 누릴 수 있는 생활에 대한 야망, 자신의 능력을 살릴 수 있는 길. 그런 의미에서 사모님은 보통 여자들보다 욕망이 컸다고 할 수 있죠. 그러나 대부분의 인간이 그래요. 그 자체가 잘못은 아니에요. 난, 끝까지 사랑할 자신이 없는데 자신에게 재산이 있다는 게 어떤 의미인지 미처 깨닫지 못하고 그런 여자에게 발목을 잡힌 사장님 자신의 문제를 함께 껴안을 수 없어요. 불륜은 싫어요. 시골에 살 때 관광객을 상대하는 장사를 했기 때문에 그런 경우를 많이 봤어요. 불륜은 어떤 경우든 반드시 좋지 않은 방향으로 흘러가요. 사장님은 아마, 그 청결한 손으로 어루만지면 인간도 식물처럼 예쁜 꽃을 피울 거라고 자신했겠죠. 사모님도 그렇게 변화시킬 수 있을 거라 믿고 결혼한 것 아닌가요? 하지만 인간의 성격은 변하지 않아요. 그래서 난 동물과 식물을 좋아하는 거예요. 너무 심하게 말해서 미안해요. 하지만 내게는 두 분이 그렇게 보여요."

"내 마음은 변하지 않아요. 하지만 치근덕거리는 일은 절대 없을 테니까, 일은 그만두지 말아요."

오너는 말했다.

"모르겠네요. 그런 말까지 들으니, 이제 아무렇지 않게 가게에 돌아가기는 어렵겠어요."

나는 될 대로 되라는 마음이었다. 왜 이렇게 화가 나는지 나 자신도 알 수 없었다.

"그래도 당신의 마음을 알고 싶어……. 가능성이 전혀 없는 것인지, 나를 어떻게 생각하는지, 그것만이라도 좋으니까 말해 줘요. 그것만 알면 난 내 아이가 아니라도 키울 수 있을 거고, 그 가게를 매개로 함께 일할 수만 있다면 희망을 품고 지금의 내 삶을 견딜 수 있어요."

"사장님을 무척 존경하지만, 그건 안 돼요. 가능성은 없어요. 나로서는 도저히……."

그렇게 말하면서 나는 눈물을 흘렸다.

"그렇겠죠……. 잘 알았어요."

오녀가 말했다. 음악이 끝나자, 빗소리만 차 안으로 들어올 듯이 울렸다. 상처 입은 마음을 껴안은 채 그는 내내 말이 없었다. 그리고 마치 발정 난 고양이처럼 그의 온몸에서는 나를 향한 누를 길 없는 욕망이, 갈 길을 잃은 욕망이 번져 나왔다. 그는 고통스럽게 침묵하고 있었다.

나는 놀란 나머지, 어쩌다 그렇게 심한 말을 했을까 하고 생각하면서 고양이 녀석이 담겨 있는 가방과 여러 용품들이 들어 있는 봉투를 껴안았다. 계속 이 차 안에 있다가는 내 입에서 더 심한 말이 나올 것 같았다.

그러고는 그의 처지가 정말 딱하게 느껴져서, 나도 모르게 그의 머리로 손을 뻗었다. 그리고 살짝 머리칼을 만졌다. 머릿결은 부드럽고 매끄러웠다.

"죄송합니다. 어쩌면 가게로 돌아가지 않을지도 모르겠어요. 그리고 사장님 가정에 대해 심한 말을 해서 미안해요. 당사자인 사장님이 가장 괴로울 거라는 거 잘 알면서 그렇게 말해서 미안해요. 나는 늘 나 하나 감당하기에도 벅차서 여유가 없는 사람이에요. 그러니 잊어 주세요. 사모님은 그러지 못했지만 사장님을 행복하게 해 줄 사람이 꼭 있을 거예요. 타히티에 살 때처럼, 사장님을 평안하고 느긋하게 만들어 줄 수 있는 사람이요. 그리고 살아 있는한, 사모님과 잘 풀리지 않더라도, 아무리 힘겹고 괴로운일이 생겨도, 희망만 버리지 않으면 언젠가는 괴로움 없는 날이 올 거예요. 그러니 아무쪼록 힘내세요. 설령 가게를 그만둔다 해도 난 그 가게를 계속 좋아할 거예요."

"난, 당신과 그런 날을 맞고 싶었어요. 내 멋대로 꾼 꿈이었지만, 늘 그러고 싶었어."

오너는 신음하듯 그렇게 말했다.

"그건 힘들어요. 난 역부족이에요."

그렇게 말하고 나는 빗속으로 뛰쳐나가 돌아보지 않고 달렸다. 고양이도 짐도 무거웠지만, 신경 쓰이지 않았다.

그날 밤, 잠을 이루지 못한 나는 빗소리를 들으며 고양이 녀석과 함께 처음으로 잠자리에 들었다.

아니, 고양이 녀석이 내게 마음을 열고 같이 자 주었다는 표현이 옳다.

내 좁은 방이 어색한지 녀석은 야옹거리며 이리저리 돌아다니다가 책상 밑에 숨어 나오지 않았다. 내가 목욕을 하고 나와 불을 끄고 이부자리에 누워, 빗소리를 들으면서 꼼짝 않고 있었더니 마침내 살금살금 기어 나와 내게 몸을 기대고 앉았다. 그러다 눈을 스르륵 감더니 앉은 채로 잠들고 말았다.

나는 그 온기가 반가웠다. 고양이 녀석이 처음 찾아든 날 오녀의 마음이 어땠을지 충분히 이해할 것 같았다.

털만 부숭부숭하지 말도 통하지 않는 생물이 자신을 좋아해 준다는 것의 막강한 힘이, 마음이 흔들려 잠조차 이루지 못하는 나의 비참한 기분을 평온하게 다독여 주었다.

누가 뭐라든 나는, 정원과 동물을 공유하면서 같은 마음으로 같은 것을 보고 있다고 자각한 순간부터 이미 오녀에게 끌렸다. 그래서 더 그 고백에 상처를 받은 것이다.

'가만히 있었으면 이 작은 사랑의 마음을 일에다 녹여 낼 수 있었을 텐데, 이제 만날 수도 없잖아! 내 조그만 꿈을 빼앗아 가다니, 어떻게 그럴 수 있어!'

그때 나는 마음속 깊이 그렇게 생각했다.

하지만 가장 후회스러운 것은 그렇게 귀여워하던 고양이 녀석과 작별 인사조차 못 하게 한 점이었다. 오너는 한 번 더 녀석에게 얼굴을 묻고 싶었을 테고, 야옹거리는 소리도 듣고 싶었으리라. 그 누구보다 녀석을 소중하게 여겼던 사람인데, 나는 마치 떼어 내듯 데리고 와 버렸다. 돌이킬 수가 없다. 가게에도 돌아가도 되는지 모르겠다. 시치미 떼고 돌아갈 수도 있지만, 그래서는 안 되는 건지도 모른다. 나를 보게 되면 언제 다시 오너의 사랑이 뜨겁게 불타오를지 알 수 없다. 그리고 내 마음 역시.

그리고…… 만에 하나 사모님이 사실을 알게 된다면, 그 성격으로 보아 아마 불같이 화를 내면서 이혼 따위는 절대 해 주지 않을 것이다. 또 그런 일이 전부 알려지면 점장이나 가게 동료들과의 관계도 엉망이 될 것이다. 나는 사랑과 일을 한꺼번에 잃어버릴 수도 있다는 두려움에 떨어야 할 것이고, 그렇다고 타인을 딛고 서는 한이 있어도 모든 것을 내 두 손에 움켜쥐겠다고 생각할 만한 성격도 못 된다. 그렇게 살아갈 자신은 조금도 없었다. 나는 다만 가게에서 활기차게 일할 수 있다면, 나이를 먹어 할머니가 된 후에도 그럴 수 있다면 충분히 행복하다고 생각했다. 그것은 아마 오너가 타히티에서 일하던 때와 똑같은 심정이리라.

그래서 잘 안 되는 것이라고 생각했다. 차라리 욕심을 좀 가지는 쪽이 한결 편할지도 모른다.

나는 어쩌면 좋을지 몰라 어둠 속에서 눈을 뜬 채 오너의 귀에도 들릴 빗소리를 가만히 듣고 있었다. 바깥에서 빛이 창틀 모양으로 새어 들어와 바닥을 비췄다.

그리고 내 방에는 고양이가 부드럽고 리드미컬하게 가르릉거리는 소리가 울렸다. 나는 녀석의 털에 살며시 손을 올려놓았다. 살아 있는 것의 감촉, 숨이 턱 막힐 정도의 그 뜨거움. 나는 꼼짝도 하지 않고, 녀석이 하고 싶은 대로 내게 몸을 바짝 기댈 수 있게 해 주었다. 언젠가 오너가 무릎에 올라앉은 녀석 때문에 미동도 하지 못하던 광경이 떠올랐다. 살아 있는 모든 생명에게 친절하고, 그것을 당연시하는, 아름다운 마음을 지닌 오너. 비파를 먹고는 씨를 심고, 피부병이 생긴 개에게 약을 발라 주는 오너. 타히티를 좋아하고 태평한 성격에 그만 아내를 다른 사내에게 빼앗기고 만 오너.

사실은 그 가게에서 일하기 시작했을 때부터 여러 각도에서 관찰하고 사랑했던 그의 모습이 언제까지고 머릿속을 떠나지 않았다. 그 괴로움과 슬픔의 표정도, 그때 우리 사이에 울리던 애절한 음악도, 하염없이 빙글빙글 내 머릿속을 맴돌고 있었다.

고양이 녀석은 하루가 지나자 나와 함께하는 생활에 완전히 익숙해졌다.

마치 예전부터 내 방에 살았던 것처럼 밥을 달라고 조르고 창가에서 털을 핥았다. 나도 고양이 녀석이 있는 덕에 마음이 얼마나 평온한지 갖가지 일을 깊이 생각하지 않아도 날들이 흘러갔다.

그날 오후, 인수인계를 하기 위해 오너의 집에 가기로 되어 있었다. 나는 조금은 우울한 기분으로 늘 다니던 길을 걸었다.

봄바람이 불고 벚꽃 망울이 터지기 시작하는 계절. 군데군데 성급한 나무가 벌써 활짝 꽃을 피워 분홍색 꽃잎이 하늘하늘 날렸다. 바람 센 오후였다.

새로 온 가정부는 야마나카 씨보다 약간 젊어 도저히 손자가 있을 사람 같지 않았다. 그렇지만 척 보기에도 이 분야의 베테랑다운 분위기여서 설명은 순식간에 끝났다. 질문할 거리도 거의 없는 듯했다. 이 정도면 당장 내일부터 시작해도 나보다 훨씬 잘할 테고, 갓난아기가 태어나도 전혀 문제가 없을 것이라 생각한 나는, 마지막으로 근처에 있는 가게 약도를 간단하게 그려 주고 인계를 끝냈다. 정원에 대해서도 일단 설명은 했으니까 애정을 갖고 손질하는 수준은 아니어도 흉물스럽게 만들지는 않을 것이라고 생각했다.

나는 두 번 다시 올 일이 없을 그 정원에 서서 하늘을 올려다보며, 고마웠어, 하고 소리 내어 말했다. 바람에 사락사락 흔들리는 나뭇가지와 꽃을 피운 풀이 내게 호의와 감사의 기운을 보내는 것이 느껴졌다. 많은 힘을 줘서 고마웠어, 이곳에 오너가 있는 동안은 그에게도 힘을 주었으면 해, 하고 나는 기원했다. 사모님과 그녀의 애인에게서는 마음껏 힘을 빼앗아도 좋으니까, 오너와 아기와 새 가정부 스즈키 씨에게는 아름다운 풍경을 보여 줘, 하고.

드르륵 문이 열리면서 안에서 스즈키 씨가 불렀다.

"주인어른이 돌아오셨는데, 하실 말씀이 있대요."

놀란 나는 아마도 끔찍한 표정을 지었을 것이다. 그러면서도 다행히 "곧 가 볼게요." 하고 말할 수 있었다.

마음속 어딘가로는 예감했고, 나 자신도 다시 한번 만나고 싶어 하는지도 모른다는 것을 알고 있었다. 적어도 심한 말을 한 것에 대해서 사과하고 싶었고, 나 역시 마음이 있다는 말까지는 하지 않더라도 좀 더 내 기분을 제대로 전달하고 싶었다.

방으로 들어서자 오너는 태연하게 말했다.

"지금까지 수고가 많았어요. 이리 따라와 볼래요. 아, 그리고 스즈키 씨는 우선 부엌 정리와 청소와 빨래를 부탁해요. 그리고 가능하면 창고 정리도 해 주면 좋겠고."

"네, 알겠습니다."

스즈키 씨는 아무런 의심 없이 부엌으로 사라졌다.

오너와 단둘이 남은 나는 얼굴이 새빨갛게 달아올라 고개를 푹 숙이고 말했다.

"감사합니다. 저…… 가게 말인데요, 생각할 시간을 좀 주실 수 있을까요? 아무래도 전 그 가게를 좋아해서, 지금 당장 다른 가게로 갈 마음은 전혀 없어요."

고개를 들자, 오너의 암울하고 뜨거운 눈길이 기다리고 있었다.

"잠시 위로 올라가죠."

그렇게 말하고 오너는 내 앞을 성큼성큼 지나 2층을 향해 계단을 올라갔다. 나는 그를 따라가면서, 혹시 가게의 역사에 관련된 사진이라도 보여 주려고 하나, 하고 생각했다. 예상한 대로 오너는 서재로 걸어갔다. 서재 문을 열고 나를 안으로 들였다. 정원 쪽으로 난 커다란 창문이 있었지만, 커튼이 꼭 닫혀 있어 방 안은 어두컴컴했다. 그리고, 쾅 하고 문을 닫은 오너는 우악스럽게 나를 껴안고서 커다란 소파, 늘 그곳에서 눈을 붙인다던 소파에 나를 쓰러뜨렸다.

이게 대, 대체 어떻게 된 거지……. 나는 생각했다. 밑에 있는 스즈키 씨 귀에 들렸다가는 큰 사단이 벌어질 것 같아 비명도 소리도 지를 수 없었다. 다만 온몸에 힘을 주고 말없이, 비난을 담은 눈초리로 오너를 빤히 쳐다보기만 했다.

"부탁이야, 딱 한 번만 부탁할게. 나도 나 자신을 어떻게 할 수가 없어."

오너는 참담한 표정으로 그렇게 말했다.

"이제 가게로 돌아온다 해도 두 번 다시 말을 걸지 않겠어. 약속할게. 아니면 두 번 다시 만날 수 없다 해도 괜찮아. 이런 짓을 하면 가게를 그만두겠다고 해도 받아들이겠어. 모두가 내 이기심이니까, 그 점에 대해서는 분명하게 약속해. 그러니까, 딱 한 번만 하게 해 줘."

그리고 눈을 꼭 감아 버렸다. 나는 그제야 깨달았다. 오너가 나를 얼마나 원하고, 지금까지 얼마나 참아 왔는지를, 내 몸이 알고 있다는 것을.

아프도록 강한 힘으로 내 손과 몸을 짓누르는 오너의 묵직한 몸의 감촉을 이상하게도 나는 알고 있었다. 그의 공상 속에서 몇 번이나 이렇게 안겼다는 것을, 나는 알고 있었던 듯했다. 위화감은 전혀 없었다. 그렇게까지 하지 않아도 도망가지 않는데, 나도 당신을 좋아하는데…… 하고 나도 모르게 말하고 싶어질 만큼 억센 힘이었다. 비난에 찬 나의 차가운 눈길을 보지 않으려고 그는 내 머리를 가슴에 꼭 껴안고 있었다. 그리고 여전히 고통스럽게 두 눈을 감고 있었다. 툭툭 뛰는 그의 심장 소리가 내 귀에 울렸다. 아, 똑같다. 고양이나 개나 인간이나, 모두 심장 하나를 지니고 태어나 하루하루 열심히 살아가는 것뿐이다. 그런데 왜 인간만 이렇게 복잡해지는 것일까……. 계속 저항하면서 나는 생각했다.

내가 여기서 시간을 지체하면 아래층에 있는 스즈키 씨가 이상하게 여길 테고, 또 이곳은 사모님의 장소다. 이 집은 사모님의 집이다. 그 사실이 못내 싫었다. 그 때문에 자신이 비참해졌다. 사모님을 위해 지은 집 안에서 좋아하는 사람에게 안기다니 한심한 일이다. 그렇게 되면 이 집에서 다른 남자를 만나는 사모님과 다를 바가 없지 않은가. 모두 어리석고 두서없이 욕망을 해소할 뿐이지 않은가.

하지만 그 비참한 마음은, 아무리 저항해도 멈추지 않는 그의 손의 감촉에 이내 지워지고 말았다. 내 속옷 안으로 들어온 그의 손이 마치 깨질 듯한 알을 다루거나 벌레 한 마리를 쥐고 걸어가듯 조심스럽고 부드러워, 아주 소중하고 경외로운 것을 만질 때의 느낌이었기 때문이다.

이렇듯 절실한 소망을 거절할 만큼 강한 사람은 아무

도 없겠다고 생각한 나는 포기하고 몸에서 힘을 뺐다. 그리고 지금 이 순간만은 그의 밑에서 일하는 사람이라 생각하지 않기로 했다. 나는 존댓말 대신 또래 남자를 대하는 듯한 말투로 이렇게 말했다.

"알았어, 좋아, 하자. 하지만 여기서는 싫어. 나가고 싶어."

그는 말없이 고개만 끄덕였다.

우리는 말도 하지 않고 서로 껴안듯이 뒤엉켜 재빨리 방에서 나왔다. 복도 좌우를 살펴 아무도 없다는 것을 확인하고는 집을 나섰다. 그리고 고개 숙인 채 큰길로 나갔다.

해거름의 언덕길은 집으로 돌아가는 학생들로 복작거렸다. 다들 재잘재잘 떠들면서 다코야키나 아이스크림을 먹고 음료수를 마시며 걷고 있었고, 비좁아서 찻길로 내려선 아이도 있었다. 그 목소리가 차 소리와 파도처럼 함께 밀려왔다.

하늘은 저 멀리까지 연한 분홍색이었고, 구름이 레이스처럼 흐르고 있었다. 엷은 어둠이 당장에라도 세상을 덮을 시각이었다. 여기저기 집들에서 어머니가 저녁을 준비하고 있을 평온한 시간대였다.

어깨를 감싸 안은 그의 품 안에서 바라본 그 언덕길의

풍경을, 나는 평생 잊지 못할 거라고 생각했다.

우리 둘은 고개 숙인 채 건너편 뒷길에 있는 일본식 러 브호텔로 들어갔다.

침대와 이불을 섞어 놓은 것처럼 묘한 것이 형광등 불 빛이 휘황한 방 한가운데에 떡하니 놓여 있었다. 우리는 조용히 그곳에 누웠다. 그리고 불을 껐다.

절대 어중간히 전해서는 안 될, 그를 향한 나의 마음만 남겨 놓은 채.

그런데도 그의 손은 여전히 부드러웠다. 그 친절한 손 가락의 움직임에 내 몸이 젖어 가는 것을 알아차린 그가 놀라서 처음으로 내 얼굴을 바라보았다. 정말 아름다운 눈이었다. 욕망에 얼룩지지 않은 눈이었다.

아, 사람에게 사랑받는다는 건 이런 거구나, 남자가 여 자를 좋아하게 되는 게 이런 거구나, 하고 나는 생각했 다. 이런 것을 사랑이라고 하지 않는다 해도, 사람이 사 람을 이렇게나 부드럽게 만질 수 있는 거로구나. 내 몸 모 든 부분이 그의 손이 닿는 차례대로 마치 위로라도 받은 듯 따스해졌다. 그가 거친 움직임을 보여도 그 점은 변하 지 않았다. 빈틈없이 피임구를 하고서 내 안에 정액을 듬 뿍 쏟아 낸 후에도 그는 억센 힘으로 몇 번이나 내 머리 칼을 어루만졌다. 마치 고양이 녀석을 쓰다듬을 때처럼,

사랑스럽다는 듯이. 지금 여기에 내가 살아 있다는 것을 확인하듯이.

그리고 옷을 입고 차들이 오가는 호텔 밖 언덕길로 나와, 완전히 어두워져 가로등을 밝힌 길모퉁이에서, 검게 빛나는 하늘 아래에서, 나는 다른 얘기를 좀 더 나누어도 좋다고 생각했다.

좀 더 오래 함께 있어도 상관없다고, 말은 하지 않았지만 그렇게 생각하고 있었다.

그런데 오너는 금방이라도 울음을 터뜨릴 눈치였다. 슬픈 표정으로 내내 눈을 내리깔고 있었다. 그리고 자신의 마음을 떨쳐 버리듯 힘들게 말했다.

"그럼, 타히티 조심해서 다녀와요. 약속은 꼭 지킬 테니까, 언제든지 가게로 돌아와요. 점장에게 연락하고, 언제든."

그리고 아주 잠깐 내 눈을 물끄러미 바라보고는 뛰듯이 멀어져 갔다.

한 번도 돌아보지 않고.

어둠 속으로 사라지는 뒷모습을 보면서 나는 그의 결심이 진정이었다는 것을 알았다. 정말, 진심으로 두 번 다시 나를 만나지 않을 작정이라는 것을.

두 볼이 아직 뜨겁고 다리 사이도 뜨거웠다. 바람이 불어 열이 식어 가고 주름진 내 옷자락이 펄럭였다. 나는 한참을 그 자리에 서서, 오너가 사라진 방향을 바라보았다.

이제 됐어, 잘된 거야, 하고 몇 번이나 속으로 중얼거리면서도, 돌이킬 수 없는 것을 잃은 처연한 기분으로.

*

타히티에서 보내는 마지막 밤, 가네야마 씨의 이야기가 내게 묘한 작용을 일으켰다는 것을 느꼈다. 내 안에서, 빠져 있던 부분에 무언가가 딱 들어맞는 신비로운 변화가 벌어졌다. 속이 후련하고, 마치 악몽에서 깨어난 기분이었다.

그 얘기의 의미는 뭘까, 내게 어떤 의미일까…… 하고 중얼거리면서 나는 혼자 데크를 걸어갔다.

가끔 물고기가 펄쩍 뛰어오르는 것 외에는 아무 소리도 들리지 않는 적막한 밤이었다.

무수하게 반짝이는 별빛이 번지듯 하늘을 덮고 있었다.

나는 그 빛을 빤히 올려다보다가, 먼 길을 총총히 걸어 프런트로 돌아갔다.

프런트에서는, 가네야마 씨의 남편의 그랬을 것처럼 조

끼를 입고 등을 꼿꼿하게 편 남자가 일하고 있었다.

나는 그에게 종이 한 장을 얻어 오너의 개인 사무실 팩스로 짧은 편지를 보내기로 했다. 한 글자 한 글자 정성스럽게, 어린아이처럼 힘주어 글자를 썼다. 다른 사람이 내용을 보아도 별 지장이 없도록 썼지만, 또박또박 힘주어 쓴 글자 하나하나가 말하고 싶은 것을 다 전해 줄 것이라 믿는 것처럼.

이곳에서 레몬색 상어를 보았습니다. 말씀하신 대로 정말 신비로운 느낌이더군요. 돌아가면 바로 점장에게 연락해서 최대한 빨리 가게로 돌아가 예전보다 더 열심히 일하겠습니다. 끝내 말할 수 없었지만, 저 역시 그 집에서 일하게 된 후로 늘 같은 마음이었습니다. 같은 것을 보며 함께 열심히 살 수 있다면, 하고 절실하게 바랐습니다. 마음이 아직 변하지 않았다면 기쁘겠습니다. 저는 모든 것을 받아들이겠습니다.

프런트 남자는 싱긋 웃고는 현지 억양이 없는 깔끔한 영어로 말했다.

"도쿄로 보내시는군요. 착오 없이 잘 보낼 테니 걱정 말고 맡기세요. 방까지 차로 모셔다 드릴까요?"

"아니요, 산책할 겸 걸어갈게요."

나는 웃으면서 그렇게 대답했다.

그리고 타박타박 걸어 왔던 길을 다시 돌아갔다. 밤바람이 싱그러웠다.

만약, 하고 나는 생각했다. 만약 오너와 함께 살아가게 된다면 천국에 있는 엄마는 눈물을 흘릴까? 직장 상사와의 오랜 불륜, 옥신각신, 신분과 경제력과 직업의 격차……. 많은 사람들이 나를 돈을 노린 도둑고양이라 여길 테고, 실제로 고양이를 훔치기도 했고……. 온갖 시각에서 갖가지 뒷말을 해 대리라. 그것들 모두 어머니가 가장 싫어하는 일이었다.

글쎄, 그렇지도 않을걸. 가네야마 씨라면 그렇게 말할지도 모르겠다는 생각이 밤바람을 타고 홀연히 실려 왔다. 어쩌면 그것은 먼 세계에서 날아온 할머니와 어머니의 목소리인지도 몰랐다.

진심으로 서로에게 이끌린 남자와 여자가, 언뜻 복잡해 보여도 실은 그렇지 않은 상황에서 함께 살아가기로 결정했다면, 가네야마 씨가 한 얘기와 그리 다르지 않은 결말을 맞을 수 있을지도 모른다.

문젯거리는 많다. 하지만 핵심에 있는 진정한 모습을 알아볼 수만 있다면……. 나는 그렇게 생각하면서 고개를 들고 다시 한번 별을 보았다.

문을 열고 방 안으로 들어서자 가네야마 씨의 옷에서 풍기던 낡은 천에서 나는 듯한 푸근한 냄새에 살짝 가슴이 찡했다. 찻잔 두 개가 아직도 테이블에 나란히 놓여 있었다.

나는 따스한 기분으로 깊은 잠에 빠졌다.

다음 날 아침, 공항까지 가는 배는 만석이었다.

푹 자고 개운한 기분으로 일어난 나는 눈에 익은 오테마누 산에 마음속으로 작별을 고했다. 내 마음이 늘 의지했던 고결한 실루엣의 산. 언제 어디서 올려다보든 늘 한자리에 있던 소복한 녹음이 사랑스러웠다. 매일 수영하던 움푹 들어간 바닷가와도 이별이었다. 아침의 청결한 빛 속에서 바다와 공기 모두 맑게 반짝였다. 시원한 바람이 아직 잠기운이 남아 있는 얼굴을 기분 좋게 스치고 지나갔다.

떠나는 손님들을 배웅하는 우쿨렐레 소리가 울려 퍼지는 가운데, 사람들로 꽉 찬 배에 시동이 걸렸다. 그때, 프런트 여자가 뛰어와 내게 "팩스가 왔어요. 배가 떠나지 않아 천만다행이네요." 하고 봉투를 건넸다. 내 방 번호와 이름만 적혀 있는 봉투였다.

움직이기 시작한 배가 물살을 헤치며 공항으로 향했다.

나는 내심 긴장했지만 스스로에게 침착하라고 말하고는, 바닷바람을 맞으며 봉투를 열었다. 안에는 그리운 오녀의 필적이 담겨 있었다.

돌아오면 우선 내게 연락 주세요. 함께 나눌 말이 아주 많습니다. 그리고 곧바로 고양이 녀석을 만나러 가도 될까요? 양쪽 모두 보고 싶습니다.

나는 눈물을 머금고, 이제는 뭐가 어떻게 되든 상관없다고 생각했다.

진실이 미래를 열어 주리라.

그때, 누군가가 프랑스 말로 말했다.

"아, 무지개다!"

배에 탄 사람들이 일제히 하늘을 올려다보았다. 하늘에 조그만 반원 모양의 무지개가 걸려 있었다. 짙푸른 산 위에 일곱 색깔이 고루 선명하게 떠 있었다.

돌아가면 일본은 포근한 봄이리라. 나는 곧바로 가게로 돌아가고, 집에는 고양이가 있고, 오래도록 이어질 새로운 사랑을 시작하리라. 모든 것이 놀라울 정도로 그렇게 한꺼번에 변화했다. 그리고 지금 내 눈앞에는 무지개가 있다.

'이건 틀림없이 길조일 거야. 지나치게 완벽한 길조. 이

광경을 내 두 눈에 새기고, 그다음은 아무것도 보지 말고, 그저 있는 그대로 자연스럽게.'

나는 기도하듯 그렇게 생각하면서, 조그맣고 또렷하게 빛나는 무지개를 그저 한없이 올려다보았다.

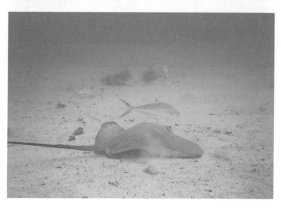

타히티란 섬은 속이 무척 깊어, 고작 일주일 머무는 동안에는 그 품의 일부조차 보여 주지 않았습니다.

그럼에도 그 깊이만큼은 느낄 수 있었기에 나는 '일주일 취재한 것 가지고 즉흥적인 소설을 쓸 수 있는 장소는 아니로군.' 하고 생각했습니다. 그런 방식이 맞는 장소가 있는가 하면 맞지 않는 장소도 있으니까요.

때문에, 제 나라에서 행복을 찾기 위해 몸부림치는 착실한 남녀의 이야기를 그려 보았습니다.

타히티에서 가장 감명 깊었던 것은 자연의 존재 양식이었습니다. 언젠가 다시 한번 찾아가 찬찬히 관찰한 후에 다른 각도에서 그려 보고 싶습니다.

가 있는 동안에는 그리 흥겹지 않았는데, 나중에야 '그래, 참 즐거웠지.' 하고 감회에 젖는 값진 여행이었습니다.

취재에 기꺼이 응해 주신 반도 마사코 씨, 정말 고마웠습니다.

지금은 바나나 사무소를 그만둔 기쿠치 다이스케 군이 젊고 발랄한 미소로 모두의 여행에 밝은 기운을 선사해 주었습니다. 늘 웃는 얼굴로 일해 줘서 고마웠어요.

영어에 프랑스어에 타히티안 댄스까지, 모든 것을 구사하며 대활약을 펼쳐 준 알렉산드로 제레비니 군, 정말 신세 많이 졌습니다. 우리에게 한국말까지 가르쳐 주어서 어느 나라에 있는지 모를 정도로 즐거웠습니다.

우쿨렐레를 껴안고는 물을 만난 물고기처럼 펄펄해졌던 하라 씨, 수상 방갈로의 문이 열리지 않아 바다로 뛰어들어 발코니 쪽으로 돌아가 열려 했는데 역시 잠겨 있자 낭패한 표정으로 어둠 속에서 젖은 몸을 떨던 하라 씨, 늘 그렇지만 박력 있는 멋진 그림 고맙습니다. 그림을 보니 그 짙은 밤의 느낌과 파란 하늘의 색감이 생생하게 되살아났습니다.

그리고 바닷속 풍경을 예쁘게 촬영해 준 야마구치 씨, 정말 고마웠습니다. 역시 야마구치 씨의 사진은 바다색이 어울리더군요. 함께 카누를 타며 살을 태웠던 추억, 평생 소중하게 간직하겠습니다.

그리고 늘 차분하게 모두를 포용해 주는 이시하라 씨, 이번에도 그랬습니다. 감사합니다.

마지막으로 어머니가 돌아가신 직후라 힘겨웠을 텐데도 눈물 한번 보이지 않고 갖가지 의논에 응해 주고 소설과 일정표를 위해 메모를 하는 등 기민하게 일해 준 바나나 사무소의 이리노 케이코 씨, 정말 고마웠습니다. 당신이 더없이 유능했던 덕분에 좋은 책이 나왔습니다.

그리고 이 시리즈를 지속적으로 읽어 주시는 독자 여러분, 이 책을 손에 들어 읽어 주신 여러분, 감사합니다. 진심으로 감사드립니다.

부록으로 여행 일정표를 첨부하니 혹여 타히티를 여행할 일이 있으면 참고하세요.

이 여행 시리즈는 앞으로도 장소에 따라 형태를 달리하면서 꾸준히 이어나갈 생각입니다! 괜찮으시면 읽어 주세요. 잘 부탁드립니다.

요시모토 바나나

Illustrations
Masumi Hara
Photographs
Masahiro Yamaguchi

Banana Yoshimoto in Moorea

부록

여행 일정표

● 5 / 23

11:20 하네다 공항 집합

11:40 탑승 수속

12:05 ANA 145편으로 간사이 국제공항으로

14:00 탑승 수속

17:15 에어 타히티 누이 항공 TN 008편을 타고 타히티로
       출발

10:05 (현지 시간) 타히티 섬 파아아 공항 도착, 현지 여

행사의 일본인 담당자로부터 바우처를 받고 터미널로 이동

11:10 QE 1000편으로 모레아 섬으로 출발

11:20 모레아 섬 테마에 공항 도착

11:30 Moorea explorer(버스)를 타고 호텔로 이동

12:10 Hotel Moorea Village에 체크인

14:10 호텔 바에서 점심을 먹은 후 환전, 해안을 산책

18:30 레스토랑 'Le Pitcairu'에서 저녁

20:30 'TIKI VILLAGE'에서 타히티안 댄스를 감상

22:30 일정 종료, 호텔로 돌아가 취침

● 5 / 24

9:00 체크아웃, Moorea explorer(버스)를 타고 Hotel Sofitel la Ora Moorea로 이동

10:00 Hotel Sofitel la Ora Moorea에 체크인

11:10 렌터카를 픽업하기 위해 공항으로 감

12:00 렌터카를 타고 섬을 드라이브. 캠프장, 기념품 상가, 생선 시장을 지나 발리하이 산을 조망할 수 있는 Belvédère를 향해 산길을 오름

14:00 'Café Banana'에서 점심

16:30 호텔로 돌아옴. 바다에서 수영

18:30 호텔 바 'Molokai'에서 식전주.

19:30 호텔 레스토랑 'La Perouse'에서 뷔페식 디너, 타히
티안 댄스 쇼

● **5 / 25**

11:00 렌터카 반납

12:10 Moorea Beachcomber Parkroyal Hotel에서 진행
하는 돌핀 퀘스트에 참가하기 위해 출발

13:10 호텔 바 'Motu lti'에서 점심

15:15 돌핀 퀘스트의 돌고래 프로그램에 참가

17:10 Moorea explorer(버스)를 타고 Hotel Sofitel la
Ora Moorea로 이동

19:50 호텔 밖에 있는 레스토랑 'Le cocotier'에서 저녁

● **5 / 26**

11:30 체크아웃

12:50 BPGC(블랙 펄 잼 컴퍼니)에서 쇼핑

14:45 테마에 공항에 집합

15:20 QE 1515편을 타고 타히티 섬으로 출발

15:30 타히티 섬 파아아 공항 도착, 공항 내 터미널로
이동

16:15 VT 416편을 타고 보라보라 섬으로 출발

17:00 공항 도착 호텔 직원의 마중, 보트를 타고 호텔까지
       이동

17:35 Hotel Merdien Bora Bora에 체크인, 각자의 수상
       방갈로로 흩어짐

19:30 호텔 레스토랑 'Le Tipanie'에서 뷔페식 저녁

21:30 호텔 바 'Mikimiki'에서 칵테일을 마신 후 해산

● 5 / 27

11:00 호텔의 프라이빗 비치로

12:50 호텔 레스토랑 'Le Te' Avai'에서 점심

14:15 라구나리움으로 출발

16:30 호텔에 도착, 비치 사이드에서 탁구를 침

17:30 호텔 바 'Mikimiki'에서 식전 술, 저녁노을을 봄

19:30 호텔 레스토랑 'Le Tipaniei'에서 아시안 뷔페식
       저녁

21:40 호텔 바 'Mikimiki'에서 식후 술

● 5 / 28

8:00   프런트에 집합, 체크아웃

8:30   셔틀 보트를 타고 공항으로

9:30 VT 440편 탑승 수속

9:45 후아히네 섬 경유, 타히티 섬을 향해 출발

10:40 타히티 섬 파아아 공항 도착, 셔틀 버스를 타고 호
텔로

11:30 Tahiti Beachcomber Parkroyal Hotel에 체크인

12:30 파페에테 시내, Marche(시장)으로

바이머 쇼핑 센터, 'Le Retro'에서 점심을 먹은 후
자유 시간

16:00 택시를 타고 호텔로 돌아감

17:00 반도 마사코 씨와 대담

19:40 피체리아 'Chez mario'에서 저녁

21:50 호텔로 돌아와 마지막으로 호텔 풀에서 모두 함께
수영, 그 후 취침

● 5 / 29

6:20 체크아웃

6:45 공항 도착 에어 타히티 누이 항공 TN 088편 탑승
수속

● 5 / 30

14:40 간사이 국제공항 도착

16:50 하네다행 JAL 344편 탑승 수속
18:05 하네다 공항 도착, 해산

이상

협력/타히티 관광국

옮긴이 **김난주**

1987년 쇼와 여자대학에서 일본 근대문학 석사 학위를 취득했고, 이후 오오쓰마 여자대학과 도쿄 대학에서 일본 근대문학을 연구했다. 현재 대표적인 일본 문학 전문 번역가로 활동하며 다수의 일본 문학을 번역했다. 옮긴 책으로 요시모토 바나나의 『키친』, 『하드보일드 하드 럭』, 『하치의 마지막 연인』, 『암리타』, 『티티새』, 『불륜과 남미』, 『몸은 모든 것을 알고 있다』, 『허니문』, 『하얀 강 밤배』, 『슬픈 예감』, 『아르헨티나 할머니』, 『왕국』, 『해피 해피 스마일』 등과 『겐지 이야기』, 『모래의 여자』, 『가족 스케치』, 『훔치다 도망치다 타다』 등이 있다.

무지개

1판 1쇄 펴냄 2009년 8월 27일
1판 4쇄 펴냄 2011년 7월 4일

지은이　요시모토 바나나
옮긴이　김난주
발행인　박근섭, 박상준
편집인　장은수
펴낸곳　**(주)민음사**

출판등록　1966. 5. 19. 제16-490호
주소　　　서울시 강남구 신사동 506 강남출판문화센터 5층 (135-887)
대표전화　515-2000 | 팩시밀리　515-2007
홈페이지　www.minumsa.com

ISBN 978-89-374-8280-9 (03830)